何げなくて恋しい記憶

随筆集
あなたの暮らしを教えてください

1

何げなくて恋しい記憶

随筆集　あなたの暮らしを教えてください１

奇跡は、いつも目の前にある

もくじ

装画　花森安治
装釘　大島依提亜

同じ花火

三崎亜記

「明日は街のお祭り。夜は八時半から花火です。家族四人で見に行く予定。飛行機からも見えるかな？」

　前夜届いた彼女からのメールをもう一度確認してから、携帯電話の電源を切って、飛行機に乗り込む。

　その日、関東地方は低気圧の影響で厚い雲が垂れ込めていた。

　東京での打ち合わせを終え、福岡に向けて羽田空港を飛び立ったのは、予定より一時間遅れの午後七時半だった。

　悪天候は関東だけで、静岡から先は雲に遮られることなく夜の街を見下ろせた。窓にもたれ、いくつもの街の明かりが眼下を通り過ぎてゆく様を、ぼんやりと見つめ続けた。

　彼女に再会したのは一月ほど前だった。瀬戸内の小島の戦争遺構を取材した折に、彼女の勤める市役所を訪ねたのだ。

大学卒業以来十五年ぶりだったが、お互い一瞬で相手がわかり、時が巻き戻される。

それ以来、時折メールのやり取りをしていた。

前夜のメールには、「見えるといいな」と返していたが、飛行機が遅れたことで、その返事が現実味を帯びてくる。

県庁所在地の大きな光のすぐ横に、控えめに光を集めた街が見えてくる。彼女の住む街だ。

腕時計をする習慣がなく、時刻の確認はもっぱら携帯電話に頼っているため、機内では正確な時刻は分からない。

眼を凝らすが、花火らしき光が現われる気配はない。そもそも見えるのだろうか？　地上ではあれだけ大きく感じる花火も、空の上からでは、見つけることなどできないのかもしれない。

大人げなく窓に顔を押し付けて、遠く離れた光を探そうとしている自分がこっけいに思えてくる。

彼女は結婚し、夫と、小学校に行く二人の子どもと共に、地に足のついた生活を送っていた。十五年の隔たりの間に、彼女が築き上げた「人生」だ。学生時代の延長のようにふらふらとした日々を過ごしている自分と、「人生」という言葉との隔たりが、飛行機から遠くの花火を見つけようとする行為に象徴されているようで、思わず苦笑が浮かぶ。

街の光は、後方に遠ざかろうとしていた。

「無理か……」

諦めかけた頃、小さな光が、音もなく花開いた。

その瞬間、彼女が家族四人で大輪の花火を見上げる姿が、くっきりと心に浮かんだ。離れてはいるが、確かに同じ花火だ。

「上空一万メートルから、同じ花火が見えたよ」

飛行機を降り、メールを送ると、彼女は「空を見上げた時に飛んでいた飛行機かな?」と返してくれた。誰かと「一緒に」花火を見るのなんて、何年ぶりだろう。

あれから半年が過ぎ、今では彼女の子どもたちとメールをやり取りする仲になった。一生けんめいに書いたクリスマスカードや年賀状が、あたたかな思いと共に届けられる。

今年は、彼女の子どもたちに会えるだろうか。


（2009年3月）

灰をまたぐ

松家仁之

お彼岸に墓参りをすると、普段は人気のないお墓に親族らしき人々が三々五々現れる。墓石に水をかけ、花を供え、線香に火をつける。あふれるように煙が立ちのぼる。煙の行方を目で追ううちに、お盆の迎え火、送り火を思い出した。門の前におがらを盛り、火をつけ、祖霊を迎える。今年の夏は遂にというか、とうとうというか、近所でおがらを焚く家を一軒も見かけなくなった。私が住んでいるのは東京の中野区である。

毎年のことながら、間際までお盆のことはストンと忘れている。三軒先の実家から、電話がかかってくる。遠慮がちな声で「明日、お迎え火なんだけど」と母に言われ、ハッとする。

実家はごくゆるやかな傾斜地の途中にある。歩いているときには意識しない程度の傾斜だが、自転車に乗っていると自然と勢いがつきブレーキをかけなければならない。早稲田通りのある南から、妙正寺川が東西に流れる北へと、土地は下がっている。小学校低学年の頃、東京に記録的な大雪が降って、その頃スキーに凝っていた叔母たちがスキーを持ち出し（板はまだ木製だった）、ゆるやかな坂道をスーッと滑って遊んでいたのを覚えている。無邪気な笑顔の叔母たちはまだ三十代だった。私は子ども用の橇《そり》をあてがわれ、緊張で顔をこわばらせながら、わずか五、六メートルのゆるい坂を命がけで滑った。

お盆の迎え火のとき、その坂道を兄とふたりで歩いたことがある。たぶん幼稚園の頃で、兄は小学校三年か四年だったろう。当時はまだ近所のあちこちで迎え火が焚かれていた。お盆用の提灯を叔母たちに手渡され、坂道が三叉路にわかれるところまで「おじいちゃん、おばあちゃんを迎えに行っておいで」とうながされた。祖母はお産婆だった。兄は祖母がとりあげたが、私が生まれたときはすでに亡くなっていた。祖父は私が幼稚園にあがる頃に亡くなった。そのふたりを迎えに行く。幽霊とまでは思わなかったが、子ども心に少しおそろしいような気もし、笑顔は消え、粛然と歩いた。けれども半歩先にゆく兄が、少しも怖がっていないことが伝わってきた。家の前まで戻ってくる頃には、何となく楽しいことをしている気持ちに変わっていた。

兄は三十六歳で亡くなった。もう十七年も前になる。迎え火を目印にして向こうからやってくる人が、ひとり増えた。

焚いたおがらは瞬く間に燃え尽きて灰になる。その灰に、ミソハギにふくませた水をふりかけて火を消してゆく。最後に濡れた灰の上をまたいで門のなかに入る。子どもの頃から「なんで灰の上をまたぐのだろう」と疑問だった。

縄文時代には、幼くして亡くなった子どもを竪穴式住居の入口に埋めたという。入口だから毎日のようにその子の上をまたぐことになる。そのとき、幼い子のたましいがふたたび母親のおなかに宿り、やがてまた生まれてくると信じられていたらしい。いつかその話を聞いたとき、縄文時代の風習が、迎え火、送り火までつながっているのではないだろう、とは思いながら、灰をまたぐ瞬間にからだに通ってゆくものは、縄文時代から続いている何かのような気がする。

（２００８年11月）

父の帳面

木内　昇

父から手紙をもらったことがない。手紙はおろか、おそらく父は、文章というものを一度も書いたことがなかったように思う。

中学校を卒業するとすぐ故郷を離れ、製餡工場に奉公に出た、と書くと時代錯誤の感もあるが、実際父はそうして働いてきた。成人し、結婚して子供が生まれても同じ工場で餡を作り続けた。小学生の私は、時折この仕事場へ連れて行ってもらうのをなによりの楽しみにしていた。制服姿の作業員がきびきび働く様は美しかった。父は家でもよく、小豆の選別だの火加減の難しさだのを語った。必ず、秘密を打ち明けるような高揚した顔をしていた。

私が中学の頃だ。食卓に置いてあった父の手帳をなんの気なしに繰ったことがある。そこにはひらがなだけが並んでいた。「しずおか　こうべ」。父が商品開発に携わっている製菓会社の場所らしい。余白には奇妙な円も描かれていた。「あずき」と書かれた下に大きなマルが、「さとう」の横に小さめのマルが。餡の配合だろうか、と思った途端、不意に魔法がとけた。こんな落書きで仕事をまかなっているなんて、と呆れた。疎ましいとすら感じた。

その頃の私にとって親はとうに絶対ではなく、学校という「社会」こそが重要だった。そしてすべての面で自分がままならなかった。ただ、そういう時期だった。私はなにかで叱られるとすかさず「漢字も書けないくせに」と残酷な抗弁をした。「適当な仕事してるくせに」。父が夢中になってしていた仕事を傷つけた。思春期の据《すわ》りの悪い現実を、そうやって父になすりつけたのだ。

父はそれでも飄逸《ひょういつ》な性分のままに居たが、家で仕事の話をすることはなくなった。随分年月が経ってから、その荷物の中に小さな漢字辞典を見つけた。身がすくむような心持ちになった。

仕事を引退してからは、家庭菜園が趣味となった。実家に帰るたび、珍しく父が書き物をする姿も目にするようになった。「なにを書いてるのかしら」と母は訝《いぶか》った。どうやら秘密の帳面らしい。父は、それまで両肩にのしかかっていた暮らしというものを、ようやく隣に置いて親しんでいるように見えた。まるで、不器用な距離を残したまま別れた、懐かしい友と再会したように。

それからいくらもしないうちに、父は突然ひょんと、この世から姿を消した。葬儀の席で仕事仲間が苦笑混じりに、「お父さんとの仕事は大変だった」と漏らした。

「ちょっと味見してさ、この砂糖だったらこの分量、ってザッと入れるわけ。それを私ら、必死に計量して製品化するんだから」

私は、いつぞや見た手帳のマルを思い出した。父が、ひとつずつ手で触って確かめて、切り開いてきたものの上に、自分たちの暮らしが成り立っていたことを思い知った。

私は例の帳面を取り出した。日記でもつけていたのではないか。父の声が聞けるのではないか。すがるような思いで帳面を開いた。

きゅうり　なす　とまと　わけぎ　大こん

細かく仕切った線の中に、作物の名が並んでいる。畑の割付図だ。秘密の帳面には、それきりだった。描かれた図は二年分だったが、帳面には十年先の年号まで律儀にふられていた。

私は日々空想と現実の狭間で文なぞ書いて糊口を凌いでいる。時折、父の帳面を眺める。自分が、実体のないものの上にいて、かろうじて息を繋いでいるような、心細さを感じる。

（2007年1月）

赤い爪

蜂飼　耳

爪は人を表わすだろうか。

ピンクやベージュ系のおとなしい色しか塗らなかった人が、真っ赤なネイルを手の爪ひとつひとつに施して現われたとき、どきりとした。髪や服や靴は、あまり変わらない。爪だけが、生まれ変わったように真っ赤に燃えているのだった。

お茶にしよう、と店に入ってからも、気がつくと目は向かいの席に座る相手の両手に吸い寄せられている。街路に立つ郵便ポストや消防車よりも、さらに赤い爪が十。似合わないのではなく、とても似合っているのだった。

転職してからの忙しさについて相手は語った。会うのは一年ぶりだった。声も話し方も、変わらない。ルージュの色も。爪だけが以前とちがうのだ。最近ますます目が悪くなって。と、相手はバッグから取り出したチラシのような紙に、顔を近づけた。テーブルの上、無防備に投げ出された片方の手を眺めた。爪だけが、紅葉の野山をしのぐ愕《おどろ》きの赤さだった。

それ似合うよ。と、いつ口にするか迷っているうちに、とうとう触れずに終わった。似合うよ。そのひとことが、うまく発音できない気がした。似合うよ。そう、ありがとう。そんなふうには終わらないかもしれないという予感が胸の底から湧いて揺さぶられるほどに、赤いのだった。

本当に、似合うと思って口にしても、派手だと指摘されたように感じるかもしれない。もし、そう聞こえたら悪い。そんな気もちも、どこかで動いたかもしれない。炎のような、南国の花のような色は、目の前で揺らめく。静止する。崩れる。

それから幾日ものあいだ、ふとしたときに、爪の赤色が脳裡《のうり》に浮かんでは消えた。郵便ポストの前を通るときにはもちろんのこと、駅のトイレの赤い造花や、スーパーの調味料売り場の開封されていないケチャップを目にしても思い出すのだった。

そんなに気になるのなら。そんなに気に入ったなら。いっそ自分も、赤く塗ればいいのに。両の手の爪のすべてを。そこまで考えてみて、塗りたいわけではないと気づく。赤色に、条件反射的に視線を引かれるだけのことなのだった。

勇気がない。そうも思う。赤などに塗ったら視界でちらちらして気が散る。またそうも思うのだった。ネイル用品売り場に立ち寄れば、じつにさまざまな色彩が目に飛びこんでくる。青や緑や紫。金、銀、白、黒。人間の血色とは遠いような色もある。それでも、人の指先を飾り、新しい気もちへ導く色として用意されている。赤など、人に近い方の色だ。

いつか自分も、赤く塗りたい、と思うときが来るだろうか。ピンクやベージュを放り出して。予想もつかないが、考えてみることは愉しい。アンデルセンがまとめた童話「赤い靴」の主人公カレンは、赤い靴に心を奪われて、不幸に見舞われる。赤は恐ろしい色でもある。どうして爪を赤くしたのか、その人に訊《き》くことはできなかった。けれど、理由など、ないのかもしれない。赤だ。ある日、そう閃《ひらめ》いただけかもしれない。

（2007年11月）

音の彼方へ

駒沢敏器

以前に取材をさせてもらった年長の男性と、もういちど那覇で会うことになった。今度は彼の人生の物語を聞き取る仕事ではなく、個人どうしとして屈託なく飲み交わすことが目的だった。僕は彼を懐かしく感じて会いたいと思い、彼はそれを受け止めてくれた。音楽の趣味が大きく共通していることが、両者の記憶のなかで互いを結びつけていた。

「少し痩せたね」

居酒屋をやや高級にした店の席につくと、おしぼりを手に彼は言った。「見てのとおり、僕はきみとまえに会ったときよりも太ってしまったし、白髪もかなり増えたけれど」

「相変わらず、音楽がお好きですね」

イヤフォーンのコードを首からはずし、ｉＰｏｄに巻きつけてテーブルに置いたのを見て、僕は言った。彼がどれほど音楽を愛しているかは、自宅で取材をしたからよく知っている。

「今はスタンダード・ナンバーばかり……つまり往年の名曲をいくつも取りこんで、それをシャッフルして聴いているんですよ。スタンダード・ナンバーの素晴らしいところは、楽曲の作者が自分について触れていないことです」

彼が本当の音楽好きだと思うのは、それについて語るときに、曖昧な言葉をいっさい用いないところだ。感覚をさらに超えたところにあるものを、このように瞬時にして言葉に置き換えることが出来るのは、それを習慣としてきた生き方が、今も彼を支えているからに他ならなかった。

「まず楽曲があって、その遠い背景に、作者はいるのかいないのかくらいにしか、存在していないのですね」

彼の言い分をサポートするようなかたちで、僕は返事をした。説明を省いた自分の言葉が相手に届いたことに、彼は素直に顔を崩した。

「自分を表現するシンガー・ソングライターは今でも好きだけれど、この歳になるとそれはもういい、本当に優れたものをくれ、とも思いたくなるのです。他人の主張や想いに反応するのではなく、自分を空にして音楽に溶けこみたい。そんな気持ちで音楽を耳にしながら街を歩いているとね、不思議なことが起こるようになったんだよ」

さすがにそれには即答できずに、僕はテーブルから身を引いて黙っていた。彼はジョッキから生ビールをひと口飲み、白いものが目立つ髭を拭って「きみの歳くらいだと、まだわからないだろうけど」と言った。

「突然、子供のときの自分に戻っていたりするんだ。思い出に浸っているのではなくて、気がつくとその記憶の只中にいながら街を歩いていて、そんな自分を冷静に見ている自分もいる。よく茫然とした表情をしているお年寄りがいるでしょう、あれは自分でも驚いているのだと思う」

膨大な数のレコードは誰に譲るのかと、僕は訊いた。ああいうのは自分そのものだから、人が聴いてもあまり意味はないかもと言って、彼は微笑を収めた。

（2008年1月）

母のこと

山根基世

故郷・山口の実家を出たのは18歳の時だから、両親と離れて40年余り。一緒に暮らした歳月の倍以上になる。当時の両親は40代、まだまだ元気で、母に反発し喧嘩をすることはあっても、身の上を心配したりすることはまるでなかった。

去年の夏、90歳の父が他界した。その日の夕食までおいしくいただいて、夜寝ている間に息をひきとった。私は、父の死に目には会えなかったが、それだけに元気な頃の父の姿が私の中に遺り、父との関係においては、私に大きな悔いはない。

今や心配なのは遺された母の身の上。父と二人で暮らしていた一軒家で、これから一人で暮らすのは嫌だという。84歳になって今更、私や妹のいる東京に出てくるのも嫌。結局、以前、父の体調が悪いとき二人で一緒に滞在していたことのある老人ホームに入りたいというのだ。ゆったりした部屋で、木の温もりの感じられる作りになっているし、職員も親切だし……と。

正直にいえば、私もそれが最良の選択だとは思う。若い頃から自分の意志を貫いて生きてきた強い母だ。東京に来て、共働きをしている私の家に同居しても、大学生や高校生の孫のいる妹の家に同居しても、なかなか母の思い通りの生活にはならないだろう。だが、本当に母はそう望んでいるのだろうか。本当にそれでいいのだろうか。大きく揺れながらも最終的に決断したのは、従姉妹の存在があったからだ。

彼女は、母の姉の娘。幼い頃は伯母の家族と一緒に海水浴に行ったりしていたが、次第に会う機会もなくなっていった。伯母が亡くなった後、私の母が見合いの世話をして、彼女は幸せな結婚をし、山口で暮らしてきた。母に感謝して時々私の実家には顔を出していたが、東京に出た私とのつきあいはなかった。

ところが、母が入院して腰の手術を受けた10年ほど前から忽然と彼女が私の前に現れ出て、病院関係の事務手続きから、母の身の回りの面倒まで、本来私がやるべきことを皆やってくれるようになったのだ。幼い頃の呼び名のまま「のりちゃん」と私に呼びかけながら、「負担に思わんでね、私はホントにおばちゃんを可愛いと思って、しよるんじゃから」などと言ってくれる。この人がいなかったら、私は東京で仕事を続けることはできなかっただろう。

母と二人、実家での最後の夜を過ごし、迎えに来てくれた従姉妹の車で洒落たレストランに行き、３人で食事をした。それから母の入る老人ホームに向かった。次第に私は無口になる。下見した居心地の良さそうな部屋に母を送りこみ、手を振る母を残してホームを出たとたん、涙が溢れた。そんな私の背中を叩きながら従姉妹も涙声で言う。「絶対におばちゃんに淋しい思いはさせんから、のりちゃんは安心して、東京で仕事を頑張って。そのために私はここで頑張るから」

私よりはるかに優しく濃《こま》やかに母の面倒を見てくれる従姉妹に甘え、私は遠くから、40年離れて暮らしてきた母のことを思う。親子って何だろう……と。

（２００８年３月）

祖母とわたし

三浦しをん

最近、声が大きくなった。

九十歳の祖母と、事情により一緒に暮らしているからだ。祖母はたいていのことは一人でできるのだが、さすがに少し耳が遠い。「そろそろご飯食べる？」と意向を尋ねるにも、三軒隣の住人をお誘いするような大声を出さなければならない。それで声帯が鍛えられた。

淑女はつつましい声量でつつましい会話を、という法則からどんどん乖離していく己れを痛感するのだが、しかし祖母と二人で暮らす生活はけっこう楽しい。

先日、いとこの子ども（祖母にとっては曾孫《ひまご》）のことを話していて、「チビッコはいつから立って歩きはじめるのか」という議題になった。私はチビッコと接点がないので、歩きだす時期はもちろんのこと、いつ歯が生えるのか、いつハイハイするのか、皆目見当がつかない。

「だいたい一歳ぐらいで歩きだすの？」

と聞くと、

「ひとそれぞれだけど、一歳で歩いたら、かなり早いわねえ」

と祖母は言った。「昔は、『早く歩きはじめた子には、お餅を背負わせろ』と言ったものでね」

「ああ、おめでたいから、お餅を？」

「ちがいますよ。立てないように、重石としてお餅を背負わせろ、ということです」

亀・仙・人！（亀仙人とは：『ドラゴンボール』〔鳥山明・集英社〕の登場人物。修行のために、とても重い亀の甲羅を背負っている）

「えーと……、『お餅を背負わせる』というのは、比喩として？　それとも、本当に背負わせちゃうの？」

「家にたいがい、老人も同居してたからねえ。『早く歩きはじめるのはよくない』という迷信を信じた老人の指示で、本当にお餅を背負わされた子もいたでしょうよ」

昔のひとって、おもしろいことを思いつき、アグレッシブに実行に移すよなあ……。せっかく立って歩こうとしたのに、餅で阻《はば》まれてしまうとは、チビッコにしてみたら屈辱！　かつ、いい迷惑だったことだろう。

これまで知らなかったしきたり（迷信？）を教えてもらえるのも刺激的だが、祖母の言語感覚も相当おもしろい。祖母は自分のおっぱいを、「おしなびさん」と呼んでいるのだ。

おしなびさん！　たしかに、加齢により大幅に垂れてしなびちゃってはいるが……。「ちょっと、おしなびさんを持ちあげてくださる？」と風呂場で言われたときは、おかしくて思わずタイルの床につっぷしてしまった。

祖母のおしなびさんをうやうやしく持ちあげ、腹のあたりを洗ってあげるのは、私の重要な役目である。

価値観がかなり異なる部分もあるが（男の浮気をどこまで許容するかなど）、祖母とおしゃべりするために、声量にますます磨きをかけたいと思う。

（２００８年９月）

ぼくの大切な友だち

山田太一

誰から聞いたか思い出せないのだが、「物語と小説の違いは、小説には人生があり物語にはない」という定義がいつのころからか頭に残っている。

異論のある人も多いだろう。『シンデレラ』や『浦島太郎』や『白雪姫』が人生を語っていない、とはとてもいえない。しかし、物語はたしかに人生の細かな現実を語ってはいない。その代り、ありそうもない話の楽しさがあるし、だからこそこめられる寓意も、端的な人生の要約もある。

一方、小説は「ありそうもない話」も、人生の細かな本当を積み上げて「ありそうな話」にしてしまう装置である。

と、妙なことを書き出したのは、パトリス・ルコントの映画『ぼくの大切なともだち』を見たせいである。この映画には物語と小説が気儘にまざり合っている奇妙な味があった。

パリのやり手の美術商で、独身の中年男が、商売がらみである葬式に出る。その参列者の少なさに胸を突かれてしまう。自分の葬式には一体何人の友だちが来てくれるだろうかと思う。このあたりは小説風である。

男は貸切りでタクシーをやとって、思い当る友人を訪ねはじめる。「自分の葬式に出てくれるだろうか」と聞き歩くのである。これはもう物語に傾いている。ありそうもない話である。訪ねられた男も女も「あんたの葬式なんか誰が行くか」とニベもない。これもありそうもない。心でどう思おうと「もちろん行くよ」とこたえるのが多くの大人の現実だろう。

孤独を思い知った男は、何日も使っていたタクシーの若い運転士の人柄にひかれて行く。運転士は男の悩みにやさしい。とうとう男は「君こそ俺の友だちだ」といってしまう。

すると運転士が、それはダメだという。会って間がないから絆ができていない。サン＝テグジュペリは『星の王子さま』で、友だちをつくるのには時間をかけなければいけない、と頭のいい狐にいわせている。沢山の人の中から、ある人を大切に思えるようになるには、その人のために沢山の時間を使わなくてはならないんだ、と。

いくらか記憶の変形があるかもしれないが、サン＝テグジュペリを持ち出してそういう会話がでてきたのである。

これはもう物語の色が濃く、ああこんなふうにリアルと非リアルがまざり合う世界もいいものだな、と同業の末端にいる者として教えられたような気持も湧いた。

その映画を見る二カ月ほど前、私は小学校からの友人を亡くしていた。ころびやすいという徴候がはじまってから一年ほどだったが、見る見る全身に麻痺がひろがり、入院となり寝たきりになり筆談となり、その筆も持てなくなり、本人は驚くほど穏やかだったが進行は実に容赦がなかった。

黙って側にいたことがあった。時間をかけた友人を失う重みに、こっちも声を失っていた。書くと情に傾きすぎそうで、映画にかこつけて、こんな短文になった。

（２００８年11月）

一枚の年賀状

水内喜久雄

毎年、たくさんの年賀状をいただきます。一枚一枚読むのが楽しみで、自分とその人との関わりをうれしく思います。年末はぼくも二〇〇〇枚の年賀状の宛名書きをします。小学校に勤めていた頃の教え子たち、約一〇〇〇人、そして大人の友だちや詩人の方たち、約一〇〇〇人です。「コンピュータでやったら楽だよ」という人もいるのですが、水性ボールペンで名前を書きながら、その人のことを思い出す時間は、一年の終わりに、ぼくにとっても大切な時間なのです。おかげで、教え子の名前を一人も忘れずにおれます。もちろん、彼らはすでに小学生ではなく、顔はわからないかも知れませんが。

たくさんの年賀状の中で忘れられない一枚が、詩人まど・みちおさんから一九七九年元日にいただいたものです。

その前年の十月二十一日、まどさんのお宅を初めて訪問しました。当時、小学校四年生の担任をしていたぼくは、教科書に掲載されていた詩「つけもののおもし」の教え方について悩んでいました。というより、さっぱりわからなくなっていたのです。それで、思いきって作者である、まどさんに電話をしました。十月十八日のことでした。電話で話した言葉は「お会いしたいのですが……」だけでした。まどさんは、しばらく黙っておられ、二分後ぐらいに「では、来てください」と言われました。長い沈黙の時間にドキドキしていたことを覚えています。まどさんの返事にうれしくなると同時に不安を感じました。会って何を聞きたいのか、など考えずにただ「お会いすれば道が開かれるかもしれない」と甘い考えの自分でしたから。当日、まどさんは何も聞かないぼくに、聞きたいことを見通されて話をしてくれました。まどさんは十数年後に当時のことを、

「あの電話の時のあなたは、死にそうな感じでした。なかなか人に会うことはないのですが、あなたに会うことで少しでも役に立てばと思い、会うことにしました」

と話してくれました。とてもお世話になったのですが、それ以降、不義理な自分だったのです。

そして、翌年元日の年賀状です。ぼくは出していませんでした。まどさんの年賀状には「いつぞやは、遠路はるばるお越しいただきありがとうございました」と書いてありました。あわ

てて書くとともに、自分の生き方を反省しました。

いま、詩集の編集をしていて、あの時のまどさんから年賀状が届いていなければ、たぶん、ぼくは詩の編集をすることもなかっただろうし、今の自分もないと思うのです。あの一枚の年賀状は、ぼくにとって「もっと繋がっていいんだよ、詩人は手を広げて待っていますよ」という応援のメッセージであったような気がするのです。おかげで、それから何回も、まどさんにお会いすることができたし、まどさんに教えていただいていろんな詩人の方を知ったりお会いするようになりました。

はがきや手紙は相当な数になりました。その一つ一つが、ぼくにとって教えてもらうことでいっぱいです。九十九歳のまどさんに今も頼っているのです。


（2009年1月）

めだたぬユーモア

多和田葉子

いつもはむしろ堅い印象を与えているが近くで見ていると、ユーモアのある人というのがいる。都会の喧噪と日常のあわただしさを忘れて、その人とじっくり話す時間がないと、この種の地味なユーモアは見えてこない。三月から四月にかけて、わたしは仕事で三週間アメリカのある大学町に滞在した。Aさんは孤独なわたしを時々食事に誘ってくれた。

一度、車で、湖畔のレストランに連れて行ってくれたこともある。途中、車をとめて、しばらく鈍色の湖面を眺めた。女性が二人、釣りをしていた。Aさんは「釣れますか」と声をかけた。「いいえ、全然。でも釣れなくていいんです」と二人のうち若い方の女性が笑いながら答えた。

わたしはふと思い出して、子供の時、釣り針が魚の口に刺さっているのを見て、自分の口に痛みを感じたことを話した。Aさんはそれを聞いて、自分は一度、夫と舅とアラスカに釣りに行ったことがあると言った。静寂に包まれ、氷のように凝縮された語らいの時間を三人だけで持てたのは素晴らしかったが、可哀想な魚が針にかかってしまうかもしれないと思うと心配で、Aさんは釣れませんように、と密かに祈っていた。夫と舅にはその気持ちをさとられないようにしていたと言う。

Aさんの夫は大工仕事が好きで、家の床を自分ではり直すと言い出し、古い床を全部はがし、一階の台所と居間は、土が剥き出しになった。ところがその後の作業がなかなか進まない。「だから何カ月か前から土の上で暮らしているんだけれど」とAさんは言った。虫や動物の好きなわたしは「眠っている間にミミズが土を掘って家に入ってきて、それを追ってモグラも入ってくるかも」などと楽しく空想を膨らましていったが、Aさんは「ユーモアでもないとやっていけない」とぽつっと答えた。

Aさんは学会や大学の授業で頻繁に人を笑わせるわけではなく、むしろ誠実で几帳面な学者という印象を与える。でも、以前、初めて彼女の名前を論文集で見た時、まずユーモアを感じたことを思い出した。他の執筆者たちがプロフィールの中で自分の学歴や著書を並べている中で、Aさんだけは「子供時代はテレビばかり見て過ごし、大人になったら文学論を書くことになった」などと書いている。

Aさんはまた、こんな話もしてくれた。最近は、分厚い学術書を出すのが難しい出版事情がある。数年前、やっと自分の思っていた通りの本を書きあげることができ、原稿を出版社に渡すと、いくらなんでも長すぎると言われた。ちょうどその直後、Aさんは重い病気にかかっていることを医者に知らされ、その瞬間、長過ぎるというだけの理由であの本が出版されないまま この世を去るのは耐えられない、と思った。それで病院から戻るなり机に飛びつき、いらない文章を削除し始めたと言う。わたしは聞いていて、思わず吹き出してしまった。生きるか死ぬかという時には、研究論文などどうでもいいはずである。でも、どうでもいいことがどうでもよくない滑稽さが、生きていたいということなのかもしれない。

(2009年7月)

野の花・イヌフグリ

高 史明

私はほとんど毎日のように散歩する。湘南に移ってからの日課になっていると言っていい。山側の坂道を歩いたり、広い畑のわき道を歩く。また時には海の方にでることもある。散歩を始めて、呼吸が楽になった。足も丈夫になったと思う。

ところで、この早春の昼下がりだった。急な坂を上りきり、下りにかかってふと、目に見えない手に前を阻まれることがあった。気がつくと、右手の土手にイヌフグリが群生していた。珍しい。瞬間、夜空の星々を見上げているかのような錯覚を覚えたものだった。辺りが暗くなり、薄い青地の花の一つ一つが、濃紺の筋を際立たせ、いっせいに煌めきだすように感じられたのだ。そして不意に、亡き子が好きだった『星の王子さま』（内藤濯《あろう》訳・岩波書店刊）の一節が、脳裏に甦るのを意識した。

「夜になったら、星をながめておくれよ。――すると、きみは、どの星も、ながめるのがすきになるよ。星がみんな、君の友だちになるわけさ。――」

イヌフグリの花は小さい。小指の先ほどもなかろう。朝咲いて、夕方には散ると言われていた。普段は注意して見ないと、他の雑草にまぎれて気づかないほどである。しかし、夜空に広がる星々のように群生することもあったのだ。

私はそのとき道端に立ち尽くし、この三十四年程のときをいっきに思い返した。私たちの一人子は、わずか十二歳にして自ら永遠へと旅立ったのだった。私はその夏から、気づくといつも、青空にぽっかりと浮かぶはぐれ雲を見上げていた。寝転がっている雲、にっこりと微笑んでいる雲、跳ね上がっている雲、泣いている雲――。私にとってそのはぐれ雲の一つ一つは、その都度、亡き子の面影にほかならなかったのである。

私はその日、イヌフグリの群生を見つめて、自分の目線の変化をはっきりと意識した。雲の形に亡き子の面影を追っていた私は、その意識もなく足元の地面に目線を落として歩くようになっていたのである。にもかかわらず、亡き子はかつてのはぐれ雲から、小さなイヌフグリの花々に姿を変えて、なお共に歩いてくれていたのだ。私はその日帰ってから、改めて『星の王子さま』を手に取って読んだ。

「いまとなっては、かなしいには、かなしいのですが、いくらかあきらめがつきました。

――王子さまが、じぶんの星に帰ったことは、よく知っています。――ぼくは夜になると、空に光っている星たちに、耳をすますのがすきです。まるで五億の鈴が、鳴りわたっているようです……」

ところで、イヌフグリとは犬のコウガンを意味しているのであった。フグリとは陰嚢と書くのであろう。何処の誰が、あんな命名をしたのか。そのとき初めて思った。命名者は、まさに絶妙な感性の持ち主である。そしてまた、ふと朝鮮にもイヌフグリはあるのだろうかと思った。いつの間にか、私はそろそろ八十歳に手が届きそうになっているのだった。生きているうちに一度、朝鮮に行き、イヌフグリをこの目にしたい。

（2009年7月）

母と娘

佐々木美穂

先日久し振りに、小津安二郎監督の『秋日和』をＤＶＤで見ました。原節子演じる母と、司葉子演じる娘は、ふたり慎ましやかに暮らしています。娘は結婚の適齢期を迎えていて、亡き父の友達だったおじ様方が、心配してあれこれ縁談話をもちかけます。でも母をひとりにするなんて考えられないと、それらをずっと拒んでいました。娘は母親と一緒にご飯を食べたり、時にはふたりで買い物に出掛けたりする今の暮らしが、とても幸せなことだと心から思っていて、一生このままでいいとさえ感じていました。映画の中の母と娘は、お互いのことをとても思い遣っています。見終わったあといつも思うのは、母と娘というのはこんなに仲のよい関係を築いていけるものなのか、それは当たり前で自然のことなのだろうかと。

自分と母との関係は、ふたりのそれとは随分違います。そりゃうちだって、うちなりの愛の方針にのっとった母と娘の関係はあるのですが、どうもお互い優しい言葉をかけられない。父にはわりと素直に言葉が出てくるのに、母だと思い遣るどころか、逆の言葉が口をついて出てきてしまうのです。これが四十を過ぎた娘の言う事かと思うと我ながら情けないのですが、母は私よりずっと子供じみたところがあって、毎回けんかの種となるのは、傷つく言葉を平気で並べ立てるからなのです。ついこの間もけんかをしたばかり。けんかといっても電話でのことですが、母の話に腹を立て、こちらからブツッと電話を切ったのでした。これが赤の他人同士だったら、しばらくは険悪なムードを引きずるところですが、互いにさんざん悪態をついても、次に会ったり電話で話したりする時にはふたりともけろりと普通に話しているのだから、親子の縁というのはつくづく不思議だなと思います。

そんな母との関係も、ここ数年変わってきたように感じます。母の刺がまるくなってきたのです。七十を目前にして何か悟ったのか。先のけんかの電話の時もそうでした。電話を切って一分もしないうちに折り返しかかってきて、でもこちらとしてはそうすぐに気持ちを切り替えられる術もなく、ひと言ふた言ぶっきらぼうに返して受話器を置きました。その夜はもやもやとした気持ちを抱えて眠りに就いたのですが、翌朝八時を過ぎたばかりの頃に電話が鳴り、きっと母だろうと出ると案の定、

「もしもし昨日はごめんなさいお母さんが悪かったと思う」

息継ぎなしで一気に謝った母。朝っぱらからそんなに素直に謝られたら妙に可笑しくなってきて、つい笑ってしまいました。するとつられて母も笑い、仲直り。おかげで気持ちのよい一日が始まりました。前の晩は母も私と同じような気持ちで眠りに就いていたのかと思うと、ちょっと胸が痛みました。もっと大人にならないとな、と反省。けれどまるくなった母には、それはそれで何か物足りない気もしています。でもこれを読んだら、

「何を偉そうに。ひとりで大きくなったようなこと書いて」

と、怒りの電話がかかってくるかも……。受けて立つ準備は出来ております。

（２００９年９月）

サンタクロースの謎

野崎　歓

　改めていうまでもないけれども、サンタクロースは架空の存在である。サンタクロースの実在を信じている大人など、世界のどこにもいないだろう。ではなぜ、幼い子どもは、サンタクロースがいると固く信じているのか。赤い衣装を着たひげ面の老人が、方々の家宅に侵入し、プレゼントを置いて立ち去るなどという法外なフィクションを、なぜ子どもは受け入れられるのか、と考えてみると、これはなかなか謎である。

　処女懐胎だの、復活だのといった教義を信じて疑わない人間は、サンタクロースを信じる子どもと同じである。そう断言したのは、啓蒙思想の王者ヴォルテールだった。だが、ひたむきにサンタを信じる子どもの姿を前にすると、そのファンタジーを壊してはいけない、何としても守ってやらなければという気持ちに駆られてしまう。クリスマス直前のデパートには、そんな使命感に後押しされた親たちが群れ集うわけだ。

では、子どもはどのようにしてサンタクロース幻想を喪失するのだろう？　ぼくの場合、記憶を辿ると、夜中、薄暗い部屋の中で、父母がこっそりとプレゼントの箱を枕元に置いている姿が浮かび上がってくる。小学校低学年のころだったろうか。ただし、サンタのからくりを知ってショックを受けたわけではない。すでに薄々、感づいていたのかもしれない。こそこそと品物を置く父母の献身ぶりは、子ども心に微笑ましくもあった。

うちの息子は現在、小学校二年生。「サンタさんて、ほんとにいるのかなあ」と聞くともなく聞いてくるあたり、信念には多少、揺らぎが生じているのか。とはいえ、「いや、あれは嘘なんだ。サンタさんはいないんだよ」とずばり真相を告げる気には到底なれない。クリスマス・イヴ、「あしたの朝があんまり楽しみで泣きたくなっちゃうくらい」といいながら、すやすやと寝入る様子を見ると、その純真さよ永遠にと思わずにいられない。ただし純真さは、現世的利益への欲求に強く支えられてもいて、今回のクリスマスの場合、彼は前日になってわざわざ、サンタさん宛にイラスト入りの手紙を書き、「色鉛筆とブロックをおねがいします」と明記して、居間の扉に張り出していた。

クリスマスの朝、息子はツリーの下に色とりどりの鉛筆のセットと、大きな図鑑二冊を見出して歓声を挙げた（半分だけとはいえ、サンタさん、よくぞ前日のリクエストに応えてくれたものである)。しかも手紙には返事が残されていた。「ブロック」のところには「Maybe next year!」とあり、「Goodbye!」と記されていたのである。

サンタさんが返事をくれたというので息子はいたく感動し、プレゼントをもらったのに匹敵する喜びをかみしめつつ、大事に手紙をしまっていた。ぼくの目から見ると、そのサンタの筆跡はどうにも、彼の母親の字そっくりに見えて仕方がない。しかしもちろん、不信心者は余計な解説を加えず、そのメッセージを翻訳してやるにとどめたのである。

(2010年3月)

ランゲルハンス島の「無常」

関川夏央

十五年前に父が死んだ。糖尿病の対症療法にはげんでいたが、はかばかしくない。大きな病院でみてもらったら膵臓ガンだといわれた。試験開腹したが遅すぎた。

気が弱い人だから、本人に病名は知らせないほうがいい。でも疑ってるみたいだから、アンタ、いいくるめてくんないかなあ。

といったのは従姉だが、弟の意見でもあった。父に似て訥弁の弟の気持を、気強い母方の血筋の従姉が私につたえた。

新潟へ帰り、病棟のロビーで私が父に説明したのは、その場の思いつきである。

膵臓の真ん中からちょっと先端寄りに、ランゲルハンス島というのがあるね。そこだけ組織が密で島みたいに見えるから膵島《すいとう》ともいうね。インシュリンとかを分泌するんだが、それが壊れたから、こないだの手術で切っちゃった。もう死ぬまでインシュリン注射と縁が切れない。

ついてないね。

昔、柔道選手だったとは信じられぬ痩せかたの父が、それをくれ、と立ち上がった私にいった。ドトールの紙ナプキンである。その上に、ものすごくいい加減な膵臓の絵をかきながら、私は平気でウソをついていたのである。

父は私が好きではなかったと思う。子ども時代から生意気だったからだ。なのに、私がいうことは簡単に信じた。弟と父は気の置けぬ間柄だった。なのに、弟のいうことは疑ってかかった。

病勢は短時間につのった。弟と交替で病室に泊まろうと決めたその日、父は死んだ。弟が病室に入ると、眠っていた父が、ひと声大きくうめいた。それで終りだった。

顎を落として口を開いたままになったので、看護師が白い布を顎から頭頂部にまわして結んだ。おたふく風邪の子どものようだった。

膵臓ガンはとても痛いというけど、一度も痛がらなかったね、不思議だね、と従姉がいった。

内輪の葬式をすませ、墓に遺骨を入れた。骨壷をおさめるのではない。線香立ての裏側、墓石下部の隙間からざらざら流し込むのだとは、その十年前に母が死んだときはじめて知った。

母は、父とは正反対の超リアリストだった。おしゃべりで、ときどきヒステリーを発した。

そんな母が脳腫瘍の手術をきっかけに、深い鬱に沈んだのは五十五歳のときである。父は母を七年間家で介護した。母はめそめそ泣きつづけ、父も泣いた。そんな母と十年後、父は墓の中で再会した。

父は五年日記というのをつけていた。見開きに同日五年分の記録ができる。その三年目の春先のページにかかれていたのは、私の落書のような膵臓をひきうつした絵だった。脇に父の字で、「ランゲルハンス島、死ぬまで注射」とあった。

新潟の遅い桜が水量豊かな用水に散って素早く流れ去ったあの日の風景は、いわば「無常」視覚化だったな、と昔思わなかったことを、いま思う。父が死んだ七十二歳まで、あと十二年と迫ったせいだろう。

（2010年11月）

ふきこぼれた味噌汁

戌井昭人

うまい味噌汁を作ると「こりゃ、うめえ」とひとり唸ります。揚げと豆腐とネギの普通の味噌汁が好きなのですが、ひとりしみじみ味噌汁を飲んでいると侘しさもつのってきます。随分と甲斐性のない生き方をしてきたので、仕方がないのかもしれませんが、ひしひし襲いかかる侘びしさ淋しさで、これはなにかの罰なのか？　とすら思えてくるのです。そして作り過ぎた味噌汁を、次の日も温めて飲むのです。

学生の頃、フランス文学の先生で加藤新吉先生という方がいました。その頃七〇歳位で、僕らは親しみを込め「新吉先生」と呼んでいました。先生もそう呼ばれることが気に入っていたみたいで「ダダイストと同じだからな」と得意気でした。それに新吉先生はフランスに長く住んでいたことがあり、考えが少しズレていて、煙草を吸いながら授業をしました。今ほど禁煙禁煙うるさくはなかったけれど、やはりくわえ煙草で授業をする先生なんて他にいません。フランスにもいないと思います。ＲＣサクセションの『ぼくの好きな先生』だって授業中は吸いません。

しかし新吉先生は他の先生にない不真面目さが漂っていて、僕には好ましかったのです。一度ふざけて、こっちも煙草を吸いながら授業を受けてみたら、「君、それは違うよ！」と怒られたことがあります。でもお互いの、ふざけた、不真面目さの波長が合い、結局は友達みたいに仲良くなって、学校帰りに、鎌倉へドライブに行ったり、新宿御苑を散歩したり、神保町に古本散策に行ったりもしました。そしてタカリのように、いつもご飯を食べさせてもらっていたのです。

先生が学校を辞めて、具合が悪くなり、実家のある名古屋に帰ることになったときは、酸素ボンベを引きずらせながら、僕の運転する車で友達と三人で三島まで行き、うなぎを食べました。会計のとき「これは僕たちで払います」と言うと、「そんなことするんじゃないよ。金なんてもってないくせに」と怒られましたが、「今まで、さんざん奢ってもらったんで、これが最後かもしんないでしょ」とふざけて言ったら、先生は「じゃあ、払ってもらうよ」と笑ったのです。でも、それが本当に最後になってしまいました。

先生は結婚を一度もせずに、ひとりで信濃町のマンションに住んでいました。ある日遊びに行くと台所に味噌汁を作った鍋があり、火を止め忘れたのか、汁がふきこぼれた跡が鍋に茶色くこびりついていました。それを見て、なんだか淋しくなった思い出があります。

先日、自分で納豆汁を作ったら、これがまたうまかったのですが、次の日の朝、火にかけすぎてふきこぼれた汁が茶色く鍋にこびりつき、しばし新吉先生のことを思い出しながら、自分もこのままひとりで味噌汁を作り続けるのかと思うと、やるせなくなってきました。しかしそれに反比例して、味噌汁を作る腕は上達し続けているので、なんだか困っています。

（２０１１年３月）

ささやかな親切

山根一眞

「突然で申しわけありません」

という書き出しのメールが私のホームページに届いた。私の父の連絡先を教えてほしいという内容だった。

かつて新宿のデパート（髙島屋）に勤務していたという三十代後半と思われる女性からのもので、こう記してあった。

「十数年前、初老のご夫妻とタクシー乗り場でお話をさせていただく機会がありました。今まで、いつかこの感謝の気持ちをお父様にお伝えしたい、私の方こそお礼の気持ちを伝えたいと思いながら、その方法も浮かばないまま、時間ばかりが過ぎてしまいました」

その日、私の両親はデパートのタクシー乗り場にいたが、雨が降り始めていてタクシーがなかなか来なかった。退社時間でデパートの社員だった女性も同じタクシー乗り場の列に加わり、なかなか来ないタクシーを待ちながら両親と言葉を交わしたようだ。こういう時に、知らない人でも気楽に声をかけるのが私の両親なのである。父はこの会話を通じて、女性がこのデパートの化粧品売り場の担当と聞き出したに違いない。

杖を手にし難儀そうに見えた父を気遣ってくれた女性は、「あちらの道路に出たところの方がタクシーはつかまりやすいんですよ」と助言をしてくれた。そこで両親は場所を移動したが、その直後に元のタクシー乗り場に空車のタクシーが着いたのである。まずいと思った女性はそのタクシーに乗り両親のところで降り、「申しわけありませんでした、このタクシーを使って下さい」と勧めてくれた。父は、「私たちはいいから、あなたが使いなさい」と固辞したが、女性の強い勧めでそのタクシーに乗り込み帰宅したのである。

女性は、翌朝のミーティングで売場主任から、「昨日、タクシー乗り場で助けてもらったという方から電話があったが、心当たりの人は?」と聞かれ、自分のことだとわかった。そして、父と電話で話した。父は、「あれほど親切にしていただいたことはなく、心から感謝している」と、彼女にせいいっぱいの言葉でお礼を伝えたのだという。

「お父様からお電話でいただいた言葉は、本当に今でも私の中できらきら輝いています」

どうして息子が私であるとわかったのかはわからないが、きっとおしゃべり好きの父や母は、短い時間の中で自分たちや家族のことをあれこれ話したのではないかと思う。

十数年間も父のことを、電話を通じての言葉を忘れずにいてくれたことがとても嬉しかった。彼女には、父はすでに他界していることを伝え、「お申し出を知った父はきっと天国で涙を流して喜んでいるでしょう」と、返信メールをさしあげた。

どんなに小さな、ささやかな親切であっても、感謝の気持ちをきちんと伝えることがいかに大事で、長く人の心に残るものなのかを、私は他界して久しい天国の父から教えられる思いがしたのだった。


（2011年7月）

若い祖母への思慕

池澤夏樹

日本語が抱える不備の一つに「おばあさん」という言葉がある。「祖母」と「老女」を同じ言葉で表すのは無理があり、時として混乱を招く。孫ができてもまだ若い（つもりでいる）人はなんとか「おばあちゃん」と呼ばせまいと策を巡らす。

それとは少し事情が違うけれど、先日、若かった時の祖母に出会って陶然となった。実際には一枚の写真をしみじみ見ただけのことなのだが、それが性格がくっきりと見てとれるような見事な肖像。それ以来、いわば祖母萌えともいうべき心理状態が続いている。

ぼくの父方の祖母井上トヨは明治二十八年に佐世保で生まれ、大正六年に遠縁の福永末次郎と結婚、翌年ぼくの父（すなわち後の作家福永武彦）を産んだ。そして大正十四年に次男文彦を産んで産褥熱で亡くなった。わずか二十九歳だった。ぼくが生まれる二十一年前である。

この祖母の写真を見ていなかったわけではない。父の『全小説（愛蔵版）』の第二巻には大正十二年頃に太宰府で撮った親子三人の写真が載っている。ここではトヨは穏やかな顔をした若い母である。その他に、女学校卒業の時の集合写真も見たことがある。しかし今回の写真は存在さえ知らなかった。

これにはなかなか複雑な家庭の事情がある。

まず、トヨが亡くなった時、父末次郎は母に関する一切のものを武彦の目から隠した。思い出のよすがを身辺に残さなかった。だから武彦がこの写真を見たのは長じて一高に入ってからだったはずだ。

次に、武彦は山下澄と結婚してぼくという子を生《な》したが、この二人は後に離婚、ぼくは母とその再婚相手に育てられて実父とはほとんど行き来がなかった。

長じて再会し、時おり会うようになったけれど、この写真を見せてもらった覚えはない。そもそもどの時点でこの写真が父の手元に来たのかもわからない。

更に、昭和五十四年に父が亡くなった後の相続が混乱を極めて、ぼくには父の遺品の類を見る機会がまったくなかった。

先日、その遺品の中にあったこの写真が、波瀾と紆余曲折の果て、間に入った人たちの好意でぼくの手に届いた。

このトヨは二十歳くらいだろうか。井上家はもともと聖公会に属するクリスチャンの家系で、三女であったトヨは大阪のプール女学校という聖公会のミッション・スクールの本科に学んだ後、芦屋の聖使女学院を出て日本聖公会の伝道師になった。普通にいう職業ではなく天職である。あの時期の女性としてはずいぶん積極的に自分の人生を選んだ人であったのだろう。

昭和四十年、神戸に住んでいた祖父を訪ねて行って初めて会った時、祖父は二十歳になったぼくの顔をこちらが困惑するほど長い間じっと見てから「おまえは武彦の死んだ母親によう似とるなあ」と、不器用な明治男にしてはずいぶん情を込めて言った。つまりぼくの上にこの顔を重ねていたのだ。

井上トヨ

（2011年7月）

幸福な朝

森　絵都

私の両親は日曜日によく眠る人たちだった。二人とも週の六日は働いていたため、休日の朝にまとめて休んでいたのだろう。動きだすのは午前十時か十一時。両親がなかなか起きてこないこの日曜の朝が、子供時代の私は大好きだった。何があろうと明日の朝は起きない、と断固決めていた母が土曜の夜、姉と私に翌日の朝食代をくれたからだ。

菓子パンを二個買うと何十円か手元に残る。せいぜいその程度の額だった。小さな個人商店しかない町にいた私の定番はジャムパン、二色パン、メロンパン、アンドーナツ、なかよしアミーで、週末ごとにその組み合わせが変わっただけだが、それでも充分に私は満たされた。土曜の夕方、限られた選択肢の中から熟考の末に翌朝の食料を仕入れる。余った小銭で安いチョコやガムを買い、夜になるとそれを枕元に置いて寝る。そして翌朝、ベッドの上でラジオを聴いたり漫画を読んだりしながら菓子パンを頬張るのだ。

あまり行儀いい話ではないけれど、自分では天蓋付きのベッドに朝食を運ばせている外国のお姫様みたいな気分でいた。「勉強しろ」だの「家事を手伝え」だのと野暮を言う両親は別室で熟睡中。まさに極楽、極楽だ。唯一の邪魔者は姉だった。私と同様に享楽的な朝を満喫していた彼女は、三つ下の妹を執事のように見ていたのだろう。「電気つけて」「お水を持ってきて」とやたら用事を言いつけるのである。

悲劇は私が小学三年生の頃に起こった。その朝も、私は姉からバーアイスの当たり棒を突きつけられ、当たったからもらってきて、と命じられた。駄菓子屋までは徒歩三分。自分で行け、と思いながらも私はしぶしぶ従った。姉妹の二人部屋において姉は絶対権力者である。ところが、その暴君から預かった当たり棒を、こともあろうに私はわずか三分の道の途中で落としてしまったのだ。

このままでは家に帰れない。半べそで棒を探しまわった。さぞや必死の形相だったろう。と、そんな私を「もし」と小学六年生くらいの男の子が呼びとめた。

「もしかして、そこに落ちてたこの千円札を探してるんじゃないの?」

あのミラクルな瞬間を今も忘れない。五十円相当の当たり棒を探していたら、目の前に千円札が現れた。奇跡だ。まるで魔法だ。が、五十円と千円とではあまりにも桁が違った。小心者の私に伊藤博文は大物すぎた。せめて百円玉だったら――。

「いいえ、あたしのじゃありません」

金の斧を押しつけようとする神から逃れるように、私は家まで全力で走った。そして何を思ったのか、バーアイスを待ちわびていた姉に向かって、そのアンビリーバブルな奇跡体験を揚々と語りはじめたのだった。

姉の反応は記憶にない。「ばか」とか「ぐず」とかそんな類だろうが、いずれにしても幸福な子供時代だったと思う。


（2011年9月）

親は百戦錬磨

萩尾望都

私が漫画家になって42年になる。ハードだが大好きな仕事だ。

だが両親には「漫画なんて、くだらない」とずっと反対されてきた。「もう、辞めなさい。童話作家だと娘が何をしているか人に話せるから、童話を書けば」何かあるごとに言われ、ついに大げんかした。30歳頃だ。

私は怒ったが考えた。両親はともに大正の生まれ、歌謡曲も大衆小説も「くだらない」と言っている人たちである。だから仕方が無い。私の仕事を理解してもらうことはあきらめよう。私は怒りを解き距離をおき、互いに漫画の話はしないという暗黙の了解が生まれて、さくさくと平安な歳月が過ぎて行った。

ところが去年。ある雑誌の取材があった。雑誌記者は親にもインタビューしたいと言って、わざわざ太宰府にいる両親を訪問した。

「漫画に反対なさっていたのですか?」と記者が聞くと、両親は口を揃えて、「いいえ、反対したことなどは、いっぺんもありません」と言った。きっぱりと断言した。

記事を読んで私は仰天した。ええ? 無かった? この変転は何だろう。何があったんだ。今年の2月に帰郷した時、「お母さん、この頃物忘れすると言っているけど、昔、私の漫画に反対していたこともう忘れなさったのじゃあない?」と聞くと、「お母さんは覚えとるよ! 童話作家がいいと思うたんだから!」ちゃんとそう答える。

「じゃ、去年来た雑誌記者の人に、『漫画を反対したことは無い』と、言いなさったのは、覚えとんなさる?」と聞こうと思ったが、母はせかせかと別の話を始め、聞きそびれた。

私の両親はべつに約束を破ったり嘘をついたりするような人たちではない。なのに、何故だろう? 私は考えた。そして思いついた。私から見ると、彼らは見栄っ張りなところがある。

何年か前、鬱病になった弟が会社を辞めて郷里に帰ってきた時、母はいやがった。「息子が正月に帰ってきまして」と言うのは自慢になるが、ずっと居られたら近所の人に「いつまで居なさるとですか」と言われるだろうと言う。

「東京の会社は辞めました」と言えばいいじゃあないと言うと、「じゃ、こっちで就職なさるとですか」と聞かれるだろうと言う。「病気なので家にいます」と言えばいいじゃあないと言うと、むっとする。親の立場として「あそこの息子さんは病気で」と言われること自体、どうも親が非難されているようでいやなのだろう。

そのような親の性格を考えると、漫画家の萩尾望都の記事のためにやってきた雑誌記者相手に「娘の職業に反対しない、理解のある親」という格好付けをしたかったのだろうなと思う。

そうかぁ。つくづくと感心した。親は侮れない。親は奥が深い。あったことも無かったことに繕える。きっとこの先も、私の知らなかった百戦錬磨の親に出会うことだろう。私はとりあえず、又一つ親を理解したのかなと思った。まぁ、覚悟しよう。


（2011年11月）

遺されたもの

萩原朔美

不思議なものが出てきた。

亡くなった母親の本棚の奥に、大口の硝子壜が二つあった。もう命日を二回以上過ぎていた。

ほとんどの遺品は整理して処分は終わっていた。

しかし、本棚だけは全く見ていなかったのだ。

一つの壜には小さくなったエンピツがびっしり入っている。もう一つは外から見てもなんだか分からない。ふたを開けて取出すと、なんと消しゴムなのだ。一つ一つは、小指の爪よりも小さい。そんな小さな豆粒が無数に保存されていたのである。

これは一体なんなのだろうか。

そんなものを捨てないで仕舞っておく気持ちが私にはよく分からない。

母親は原稿用紙にエンピツで文章を書いていた。遅筆だった。書いては消し、書いては消しの連続だ。いつも机の上に消しゴムのカスが広がっていた。子供のころ隣の部屋で寝ていた私にとって、消し終わった消しゴムがコロンところがる音は子守唄だった。

物の無い時代を経験しているから、チラシ一枚捨てられない、と母親は言っていた。だからかどうか、母親の遺品は想像を絶する量だった。どの部屋も物で埋め尽くされている。中に入ることすら出来ない部屋もあった。

大半のものは廃棄した。残された子供は、自分の生活のために捨てるしかないのだ。どうしても捨てられないものは、たとえばアルバムだ。

しかし、母親の場合は大きなダンボール四箱もあった。幸い二カ所の文学館が貰ってくれたので助かった。

私は考えてしまった。大量の写真アルバムを作ると、ゆくゆく子供は処分に困る。恐らく一冊なら、子供も保存してくれるだろう。持ちきれない量の写真は残さないほうが子供のためにいいのだ。いつだったか、神田の古本屋さんの店先に、古い写真アルバムが一冊百円で売られているのを見たことがある。私は自分の写真を整理してしまった。

さて、豆粒たちをどうしようか。なんでもすぐに捨てる私が、ごみのような消しゴムと鉛筆を前に悩んでしまった。

というのは、この豆粒が、母親の日々の努力の証ではないかと思えてきたからなのだ。壜に入れて保存したのは、それを見るためだったのかもしれない。沢山の使い切った物を見ることで、自分を褒めていたのかもしれないのだ。

ふと、私はオブジェのようなものを作ろうと思った。

消しゴムはみんな、昆虫の展翅《てんし》用の細い針に刺して箱の中に立てた。鉛筆はそのまま接着剤で箱の中に置いた。

出来た箱を並べると、面白いことに鉛筆は小さな家、消しゴムは雲に見えるのだ。結構可愛らしいオブジェだと、自画自賛して部屋に飾った。なんでもすぐに捨てる私が、唯一捨てないで再利用した最初で最後のものである。

（２０１１年11月）

ヒュッ

長嶋 有

したいことと、したくないことが重なってしまう。「食べたいけど痩せたい」のように矛盾する正しさが、今は昔よりも増えてかつ複雑になった。僕は運動をしたいが、したくない。したくないのは「面倒」だからだが、その面倒の内実は顕微鏡で検証したいほどに複雑なニュアンスだ。

それで最近キャッチボール部に入った。

これはよい。草野球とちがって、いろいろしなくていい。まず打たなくていいし、走らなくていい。相手チームのベンチからヤジられたり、ロッカールームで仲間の下品な冗談にあわせて無理に笑ったりしなくてもいい。

球を投げて、取るだけだ。しかもですよ奥さん（急に馴れ馴れしくて失礼）。レーザービームのような正確性も、遠くに投げる強肩も、つまり技量がほぼ不要なんですよ。ヘソ出しの、アイドルの、山なりの、ボッテボテのしらじらしい始球式（てへぺろ）みたいな球でも参加できる。

ただ、なにも「ない」わけでもない。キャッチする相手が最低一人はいるし、相手のグローブからあまりかけ離れた場所に投球してもいけない。つまり最低限の技巧は「いる」。体力も使う（最初は、五分も続けると肩で息をするようになる）、つまりちゃんと「運動」だ。

ツイッターで仲間の誰ともなく呼びかけ（明日こられる人、とだけ）、その時間に公園にこられる者だけで黙々と行う。男女比は圧倒的に女性が多い。ただ球を投げ、受け取る行為の連続がこんなに楽しいとは。誰もが弾んだ表情をしている。

かつてテレビドラマでキャッチボールをするのは決まって父と息子だった。子供は学校で問題を起こし、母親にも心を閉ざす。父の出番だ。場面が変わればもう河原。

「父さんもさ」ボールを放る父。「父さんもガキの頃はワルでさ」「え、父さんも？」ボールの往復の狭間に、ざっくばらんな会話が挟まり、頑なな少年の心は解きほぐれていく。

「あんまり、母さんに心配かけんな」コクリ、父への尊敬の念を深め頷く少年。夕暮れ。

キャッチボールはそんなステレオタイプな「やりとり」ありきの遊びに思う。それでキャッチボール部の際、僕は必ずそういった寸劇をひとくさりやってしまう。相手が誰であれだ。

「(イチロー) バックホーム!」などと叫んで投げる(ヘロヘロの球でも)。補球時も(空想の) ホームスチールにすかさずタッチ、審判にアピール! ……大抵、相手は笑うだけだ。

「父と息子」編も、めげずに織り交ぜる。

「父さんはさ(バシッ)……小学生の時さ(ヒュッ)、好きな人いた?」

だが、即答と共に球を投げ返した人が一人だけいた。

「それがおまえのお母さんだよ(ヒュッ)」イラストレーターのフジモトマサルさんだ。

本当に、驚いた。


(2012年3月)

「夏休みの思い出」の作り方

高橋源一郎

両親は、夏休みになると、ぼくと弟をさっさと（母親の実家である）尾道に送還していた。そして、夏休み期間中ずっと、そこで過ごさせた。そりゃあ、小学生を手元に置いたまま、なにもせず、家で過ごすなんて無理です。実家に頼りたくなるのも無理はない。でも、そうやってぼくと弟を実家に放り出しておいて、その間、なにやってたんだろう、あの人たち……。

いや、別に文句をいっているわけではない。祖父母・叔父やいとこたちと暮らす夏休みは、実に楽しかった。海水浴に舟遊びに釣り、昆虫採集にハイキング、夏祭に花火に西瓜。真っ黒になって、一日中遊び回り、夜はバタンと倒れて寝る。勉強なんかしなかった。このまま永遠に夏休みが続けばいいと思っていた。というか、永遠に続くような気がした。でも、ある日突然、母親が迎えにやって来るのである。そして、ぼくと弟は、白紙の宿題を持ってすごすごと東京へ戻っていったのだった。

おそらく、我が家の子どもたちも同じようなことを考えているにちがいない。ほんとうは、宮崎駿のアニメに出てくるような、自然の美しさに溢れた昭和三十年代風の実家に送りこみたいところだが、両親の実家はすでにない。だから、鎌倉にある妻の実家に週末、預かってもらうことになった。東京に比べれば、海も山もふんだんに味わえる。実家のお義母さまは、子どもたちをあちこち連れて遊びにいってくださる。問題は、それ以外の日なのだ。鎌倉から帰ってくると、子どもたちは、いきなりダレる。リビングの床の上をごろごろしはじめる。マンガを読む、アニメのDVDを見る……ぐらいでは、時間があまってしまう。なので、妻は、子どもたちの「夏のスケジュール」を埋めるので必死だ。全国で、親たちは同じように悩んでいるのだろう。

その一つとして、長男（れんちゃん）は、キャンプに出かけた。子どもたちを集めて、いろんなツアーに連れていってくれる会社の主催だ。九州・天草の無人島での「サヴァイバル・ツアー」である。参加できるのは、小学校二年生から小学校六年生まで。案内書の通りに荷物を詰めたら、おとなが使う50ℓのリュックは一杯。試しに、背負わせたら、れんちゃんはリュックの重みで後ろに倒れそうになった。しかも、夕食のおかずは、漁をしてとれたものなので、なにもなかったらおかずなし！　そんな過酷なツアーに耐えられるのか。心配しながら送り出し、戻ってきたのは五日後だった（四泊です）。真っ黒になって帰って来たれんちゃんは、開口一番「つかれた……」。すごい風が吹いて、テントが海まで飛んでいったり、地引き網を引いたのになにもとれずにおかずがほとんどない日があったり、岩場で遊んで足中傷だらけになったり、ほんとにサヴァイバルの日々だったようだ。「で、いちばん楽しかったのは？」と尋ねると、少し考えて、れんちゃんは「天の川を見たよ！」。ぼくの夏休みのいちばんの思い出も、満天の星空だったのだ。うん、よかったね、れんちゃん。

（2012年11月）

ひさしぶりのこと

長島有里枝

パートナーのいる生活は八年ぶりで、この一カ月、忘れてしまったいろいろを思い出しながら、ふわふわ暮らしている。

離婚してからは、好きな人ができてもなにもないまま終わることばかりだったし、それはきっと自分のせいだと思っていた。傍目には、と前置きしてから写真家の先輩は、強い女に見えるのがいけない、と言った。ひとりで生計を立て、子を育て、そのうえ楽しく生きているように見える女性に対し、男性は入り込む余地がないと思うらしい。高校時代の親友は、化粧をしないことと、洋服の選び方がいけないと言った。彼女はわたしの「見せ方を考える会」を開き、二次会のカラオケでＴＲＦを唄った。小説家の先輩は、相手に求めるものが特殊すぎると呆れながら面白がり、息子をかわいがってくれる男友達は、いまは忙しいから仕方ないよ、と慰めてくれた。

それで去年かおととし、このさきわたしはずっとひとりで生きていくのだと思うことにした。いまのままで十分。なにもかも手に入れることなんて誰もできないんだから。そう自分に言い聞かせた。恋愛さえ成就すれば「なにもかもを手に入れた」ことになるような人生を、送っているわけでもなかったのに。

もう恋愛しなくていいと思うとなんだか気楽だった。十九歳で初めて彼氏ができるまでだって、ひとりだったのだ。最後に恋に落ちたのが二十代前半だったから、恋の季節は全部で五年ほどしかなかったことになる。それなのに、番《つが》うことがすべてのように騒ぎ立てる世の中のほうがどうかしてる。あいだに結婚生活が挟まってはいても、三十代最後の年であるいま、恋には十五年のブランクがある。それがどんなふうに始まるものだったかもう思い出せないし、二十代の恋愛と三十代のそれはきっと海と山のように違うのだろうと妄想してはプレッシャーを感じた。人生でもっとも恋愛にアクティブであるはずの時期にわたしがしてきたのは、結婚と出産と子育てと離婚だけで、なにもかも手に入れるどころか、人が持っているものさえ失った気がしていた。溝の浅いおへそも、きれいな乳房も、おしゃれや化粧をする余裕も、友達や自分の為の時間も、再び人と一緒に暮らす自信も。そのことを誰かに知られるのが嫌だったし、改めてそうだと突きつけられるのも怖かった。相手が好きな人ならなおさらだ。それならひとり、家でじっと暮らしていたほうが安全な気がしたのだ。

でもその日はやってきて、わたしの決断は笑い話になった。（最初、「決心は簡単に覆った」と書いたのだが、そうではなかったので消した）。それでも最後の最後まで、わたしは自分の砦にしがみつこうとした。その人といると楽しくて、ずっとそうしていたくなるのに、何度か引き返そうとした。何故そうするのかは、自分にとっても最大の謎だった。もしかするとそれは、恋に落ちることが死ぬのに少し似ているからかもしれなかった。いつ訪れるかわからないのに、生きている限りいつも可能性があって、ひとたび捕まれば誰ひとりとして、後戻りできないところが。

（2013年3月）

あきらめない村

元村有希子

九州生まれの私が、最初に訪ねた東北は福島県だった。東京から新幹線で九〇分と近いのに、自然が豊かだ。海側から浜通り、中通り、会津、と呼び名がある。地域によって言葉や風土が異なり、魅力が多層的だ。高村智恵子が愛した安達太良山《あだたらやま》。紅葉が見事な五色沼。野口英世を生んだ猪苗代のまち。やわらかな湯があふれる二岐《ふたまた》温泉……。訪れるほどに好きになった。

会津、中通りと行って、残る浜通りは飯舘《いいたて》村へ、と考えていた。きっかけをくれたのは、村長の菅野《かんの》典雄さんである。酪農家だったが「人見知りを直したい」と始めた青年活動が評価されて公民館長を務め、一九九六年には村長に選ばれた。あるとき、私の記事を読んで菅野さんが贈ってくれた本で、私は「までい」という言葉に出会った。

までい。左右の手を示す古語「真手《まて》」が語源だそうだ。ていねいに、つつましく、という意味で「までいにめし食え」「までいに子育てしろ」などと使われる。菅野さんは、お年寄りが使うこの方言で村の魅力を言い表せることに気づき、イタリア発祥の「スローライフ」に重ねて村おこしを進めてきた。

村内には、地元でとれた有機野菜を料理して提供する農家レストランや、誰でも一日三〇〇〇円で使える囲炉裏のある古民家がある。村外のひとを招いての田舎体験や、環境にやさしいエコハウスならぬ「までいハウス」建設など、忙しいひとびとの心をほぐす事業を次々と打ち出した。

軌道に乗ったところで、福島第一原発事故が起きた。大量の放射性物質が村へ降り注いだ。一カ月後、全村が計画的避難区域に指定され、六〇〇〇人の住民は村外避難を強いられた。

しかし菅野さんは諦めなかった。「必ず村へ戻る」と宣言し、無人となった村が荒れないよう、住民が巡回する制度を作った。「村民を放射能にさらしている」と批判されてもひるまなかった。村役場が移転した日には「二年以内に帰村する」と明言して「強引すぎる」とまた批判の的になった。

ひとは古里と切り離せない。飯舘で生まれ育ち大人になった菅野さん自身、肌で感じているのだろう。田畑や納屋が放射性物質に汚染されることは、農業や畜産で生きるひとびとにとって計り知れない打撃だが、村を捨てることは「人生を諦めろ」と言われることに等しいと。

までいには「手を抜かないで、心を込めて」という意味もある。飯舘のひとたちの容易に諦めないさまは、までいという形容詞がふさわしい。東北らしいやわらかな響きの中に、強さを秘めた言葉だと知った。

事故から二年。菅野さんが、事故後の苦闘をつづった『美しい村に放射能が降った』（ワニブックスPLUS新書）を送ってくれた。「まさかの、まさかの最中です」とつづられた近況とともに、扉には「『お金の世界』から『いのちの世界へ』」と手書きの一言があった。

よみがえった飯舘村を、必ず訪れようと思う。

（2013年3月）

バカな仲間たち

姫野カオルコ

ティーンのころに過ごした家は滋賀県にある。両親が他界して数年がたったので大々的な掃除に着手した。第一段階は専門業者と共にやり、第二段階に入った先日は私一人でやった。とたんに能率が悪くなった。さわる物出てくる物に、すべて思い出すことがあり、手が止まってしまうのである。

「いかんいかん」と頭《かぶり》をふっていると、もう迎えの車が来たではないか。今回の帰省では同級会に出席すると返事をしたので、同級生が拾いに来てくれたのだ。同級会の案内は時々受けたが欠席し続けてきた。両親はそれぞれに病を得ていたので、こうした催しに出席するのは気が引けたのである。よって今回、私はほとんどの同級生と約40年ぶりに再会するのである。

会場に着くまでは緊張していた。だが、同じ教室で同じ授業を同じ先生から受けていた「共有の時間」は、強い力となって、緊張をパッとゴミ袋に片づけてしまった。さっきまでの掃除ぶりとは大違いだ。

せっかくの機会に近況を伝え合えばよさそうなものなのに、みな、どうでもよいようなことをしゃべる。会場が出した肉料理を「ちょっと固いと思わへん?」とか、「高い店より安売り店の眼鏡の方がかけやすいで」とか。40年は何の壁にもならず、近況などより、みな、気分を高速でもどしてしまった。セーラー服と詰め襟学生服を着た高校生に。

ボンという愛称の女子が来た。バスケット部のボンは、当時、いわゆるツッパリ女子だった。鞄をぺたんこにつぶし、スカートの丈はズルっと長く、髪はちりちりパーマというスケ番ファッション。もう時効だから明かすがタバコも吸っていた。かたや私は地味で目立たない生徒だった。だから同級生たちにはおそらく意外だろうが、ボンと私は校内文通をしていた。今でいうツイッターのようなもの。日常でのつぶやきをメモ用紙や便箋に書いて渡し合う。紙の上だと、ボンは妙にガーリーになり、私は妙に荒々しくなったものだ……と、相変わらずツッパリ女子高校生のようにタバコをふかすボンを前に、思い出していた同級会だった。

翌日はまた部屋の掃除の続きをした。スージー・クアトロとEL&Pのレコードの間に花柄の便箋がはさまっていた。何だろう? 開けるとボンの字。『今日は自己嫌悪……。3時間の睡眠時間で練習試合に出てミスばっかりしたのデス。昨夜、寝られなかったのは考え事をしていたから。恋と愛はどうちがうのかなって。愛は精神的で恋は錯覚？』

読むなり口をついて出た。「バカだ」と。笑った。同時に泣いた。ハナも出た。

バカだった。あのころの私は。ボンも。会に来ていた全員が。傲慢で怖いもの知らずで、そのくせ甘ったれでおセンチで、まったくバカだった高校生時代……。元気で夢いっぱいだったあの時間を共有できた男女の友人がいることは何て貴重な財産なんだろう。３の７のみんなと再会できてうれしかった。ほんとにうれしかったよ。


（２０１３年７月）

とても昔からあるもの

赤坂真理

できなかったことが、とつぜんできるようになることがある。私にとって、早起きがそうだ。この八月から、とつぜんできるようになったのだ。

朝日を浴びるといい、と私の師匠が言った。変化を邪魔する観念や感情を、朝日は溶かすから、と。でも、頭でいいと理解しても、なんでもいいから別の方法で代用したい、と私が願うのが、早起きだった。今まで読んだ早起きと睡眠に関する本は数知れず。それに思い出せる十年くらい、朝は、起きてはいても苦手な時間帯だった。起きて朝食を食べてしばらくした、朝の九時から十一時の間、なぜか私は無価値感に襲われるのだった。で、「生きていける」ようになるのが午後……。

物心ついてこのかた朝が苦手だった。

こう書いてみて、気づくことがある。

人には、物心の前がある。

物心の前は、なんだったんだろう?

ただ、存在していた。

私が小さな一時期、祖父と寝起きしていた。母が帰りの遅い父や年子の兄たちに注意をとられ、私には祖父が、目を配るともなく共にいた。私が育ったのは古い一軒家で、二階が二間続きの和室だった。和室というより、子供の目には広間くらいの感覚で、床の間近くの一隅に、老人と幼児が布団を敷き並べ、ぽつねんと寝ていた。祖父はすぐ寝入るので、私は天井の木目をじっと見ていたりした。祖父は、家庭内でも憶測が飛んだほどに、過去も心も人に語らない、大陸帰りの明治の男だった。それでいて私にとってはどことなく愉快な人だった。一日のうちで祖父の言葉を聞くのは布団に入る時にたったひとこと、

「寝るに如《し》くは無し」(寝るよりいいことはない)。

その祖父と寝起きしていたとき、私はたしか早起きしていた。一緒に雨戸を開けたりしていたから。雨戸は木で、床面におろした門を、寄木パズルのように上げる。カコンと。晴れの日と雨の日で、硬さは違う。雨戸を開けるのは、朝を家の中に割り入れるような体験だった。そして私たちは何も喋らない。黙っているという意識もない。冬の早朝には、祖父がストーブに

火を灯すのをじっと見る。物言わぬ老人と、言うべき言葉のない幼児。誰かといて、次に何を言おうと考えないのは、とてもよい。

今、朝、なぜか目を覚ますといつも四時五〇分か五時五〇分。なぜかは知らない。そこでなぜ起き上がることができるようになったかも知らない。でも、夜明け前から日が昇る時分というのは、たしかに生命を感じさせる。刻一刻、空が変わる。本当はいつもなんでも刻一刻変わるのだが、朝はそれが目に見える。そして地球がゆっくり回って、ローストされるように明るくあったかくなる。たまに三時台に起きると、まだ真っ暗な南東の空に、オリオン座が見える。冬の星座の代表格は、夏の終わりの夜明け前の低い空にひっそり輝いている。無言で、季節が、見つけてもらうのを待つように。

（2013年11月）

1951年12月24日夜

片山　健

冬休み前のある日、いつものように場末の商店街の遊び仲間とベーゴマやメンコで遊んでいる時、ひとりが「クリスマス」と呟くとだれからともなく遊びを中断した。たぶんみんなキリストもサンタクロースもクリスマスケーキも知らなかったのに、正月を待つのとはちがう、これまでになかった何かを待つような切ないような気持ちになったのだ。

もう60年以上も前の、私が小学生だったころの12月24日の夜、晩ごはんをすませた私たち(父、母、姉、兄、兄、私、弟)は急にそろって吉祥寺駅前の商店街へ行くことになった。親子そろって初めての、たった一度だけのうれしい夜の外出。家から商店街まで歩いて15、16分。きょうだいはみんなうれしかったにちがいないのに、ウキウキはしゃぐ気持ちを抑えるように、うす暗い道を両親のあとから早足で黙々と歩いた。

商店街はおどろくほど明るく、私たちと同様の家族づれで賑わっていた。せまい場所に細い路地が何本も入り組んで、そこに並ぶ小さな店は裸電球でキラキラ光り輝いていた。にもかかわらず景気づけの大声の呼び声や大音響はおろか、「ジングルベル」も「きよしこの夜」もなく静かだった。すれ違う家族づれも大声で話すことはなく、私たちと同じようにうれしい気持ちを大事にしまいこんでいるようだった。そして私たち同様、みんな手ブラだった。

歩き疲れてメイン通りに立ち止まってボンヤリあたりを眺めていると、何故か、明日から冬休みなのではなく、明日は終業式、最低の通信簿を父に見せて叱られなければならないことを思い出して、たちまち沈んだ気持ちになってしまった。どうして今日が終業式ではなかったのか、こんなうれしい夜の次の日に通信簿をもらわなければいけないのか……と学校を恨んでいると不意に、それまで聴いたことがない女の人のように高く澄んだ哀切な歌声が流れてきた。

船を見つめていた
ハマのキャバレーにいた
風の噂はリル
上海帰りのリル　リル

歌はすぐそこの菓子店の店先のラジオから流れてくるのだった。ラジオではまだ「尋ね人の時間」をやっていて、大人の世界だけれど私にもその歌の心はわかった。再びさっき歩きまわった路地を歩いたが、今聴いた歌が耳に残って離れなかった。それから私たちは明るい商店街を背にして建つ寂しい甘味屋に入った。初めて見る妖しくゆれる真っ赤な液体に魅せられてソーダ水をたのんだ。帰りはみんな来た時よりももっと無口で足早に、どんどん足早になって足もとの地面がうしろへながれていくようだった。なんでこんなに速く歩くんだろうと思いながら、みんなに遅れないように必死で歩いた。

結局、何も買ってもらわず、みんな黙々と歩きまわって、家に帰って、しあわせだった。

（２０１４年11月）

無名の人生

大久保真紀

新聞記者になって28年。仕事は朝夜を問わず、土日もない。転勤もある。大きな事件や事故があれば、プライベートの予定など吹っ飛んでしまう。遠い昔の話だが、新婚旅行は阪神大震災でキャンセルになった。それでも続けてこられたのは、日々の取材の中で出会いがあり、感動があるからだ。市井には、無名だけれど、書き残しておきたい人生がある。

志多田正子さん。昨年、73歳でこの世を去った。熊本県荒尾市で家族性アミロイドポリニューロパシー（FAP）という遺伝病に苦しむ患者やその家族に生涯を捧げた人だ。

FAPは2分の1の確率で遺伝する神経難病。30歳前後で発症し、主に肝臓でつくられる特殊なたんぱく質が神経や臓器にたまり、下痢を繰り返し、やせ衰え、寝たきりになって10年ほどで死を迎える。根治療法はなく、唯一の対症療法とされるのが肝臓移植だ。長い間、風土病、奇病と忌み嫌われ、差別や偏見を恐れた患者や家族はひたすら隠し続けてきた。

10人きょうだいの末っ子だった志多田さんは29歳のとき、出産で里帰りした。姉兄が次々と倒れた。糞尿まみれで寝たきり。看病を続けるうちに似た症状で入院する顔見知りが多くいることに気づく。しかも、一族に患者がいることを知られたくない、と見舞う家族の姿はほとんどなかった。志多田さんは相次いで5人の姉兄をFAPで亡くした。「次は自分かも」。その恐怖心が志多田さんを、寂しく入院する患者らの世話に向かわせた。病室を回り、声をかけた。患者をぞんざいに扱う医師らには食ってかかった。「おばちゃん、ありがとう」と亡くなった患者は少なくない。志多田さん自身は遺伝子を受け継いでおらず、自分も子どももFAPにならないことがわかっても、無償の支援活動から手を引くことはなかった。

思い起こせば、出会いは最悪だった。2001年、患者らの集まりに足を運び、話を聞きたいと伝えた。志多田さんは「来ていらん」と一言。病気のことを世間から隠し続けてきた患者らの「寝た子を起こすな」という思いを受けての対応だった。私は「取材したい」と手紙を書き、電話をし、時間を見つけては訪ねた。1年ほどしてようやく取材を許された。

新聞で連載記事を書いたのは2006年。その後、志多田さんは「患者たちの苦労の歴史を本にしてほしい」と言い出した。取材を続け、出版の約束を得ていた出版社に、志多田さんに読んでもらっていた原稿を2013年に持ちこんだ。だが、返ってきたのは「患者数が少なく、部数が出ない。出版できない」。ほかの出版社も答えは同じだった。
志多田さんはそのころには多発性骨髄腫などを患い、寝たきりの状態だった。生きているうちに何とか本にしなくては。私は自費出版を決めた。夫が黙って半分を資金援助してくれた。『献身　遺伝病FAP患者と志多田正子たちのたたかい』（高文研）ができあがったのは、昨年2月12日。志多田さんが亡くなった2日後だった。

（2015年5月）

ユーコンの冬の思い出

山口未花子

　この原稿を書いている2015年の冬、私はカナダ、ユーコン準州のワトソンレイクという町に来ている。この地に暮らす先住民カスカの人々のもとに10年以上通っているのだが、今回はいつもと様子が違う。親しくしている古老が入院したという知らせを受けて、慌てて駆け付けたのだ。85歳になるその古老は、川沿いの狩猟小屋で生まれ、学校に行くこともなく森の中で狩猟や採集をしながら育った。年をとって町（といっても人口300人ほどの集落だが）で暮らすようになったとはいえ、一年の半分以上を森の中で過ごす古老にくっついて色んなことを学ぶのが私の調査の中心だった。昨年の夏もヘラジカ猟に連れて行ってくれたところだったのだが、そんな姿が信じられないくらいやせ細って病室に横たわっている。ほとんど一日中眠っているが、目を覚ますと「狩猟小屋の薪割りをしなくては」「湖に漁網をはって、森には罠を仕掛けて……」という具合。どうやら彼の心はいまもユーコンの森の中にあるようだ。

古老に付き添いながら、私も冬の狩猟小屋で過ごした日々を思い返している。亜極北のこの地では真冬ともなれば一日中ほとんど日が昇らない。10時ころ、朝日が昇るとすぐ森へ出て罠を見回り、獲物をさばき、薪を割って飲み水にする雪を掘る。お昼になると雪の上で焚火を起こし、砂糖をたっぷり入れた紅茶とローストしたヘラジカ肉のサンドウィッチの昼食をとる。冷たくなったヘラジカの肉を焚火で少しあぶってやるのがコツだ。16時ころには日が暮れてあたりは真っ暗になる。冬の長い夜の一番の楽しみは、薪ストーブで暑いくらいの小屋の中で古老の話を聞く時間。お気に入りの話題はもちろん動物のこと。

「ビーバーとヤマアラシは今では仲が悪い。昔々二人は仲良しだった。でもあるとき……」とか「ハチドリは白鳥の翼の中に入り込んでユーコンまでやってくることがある。まるでヒッチハイクだ」とか、ほかにもユーコンの森の動物のことなら古老はなんでも知っている。祖父母や親から聞いた話もあるが、その多くは驚くべきことに動物が直接教えてくれたという。私が本当に？　と問いただすと「動物と話すことは誰にでもできる。森の中にいて動物のことを考えていれば、動物が話しかけているのに気付く」と教えてくれた。

そもそもカスカの人々にとって、動物はその肉や毛皮を人間に贈り物としてくれる存在で、銃で撃たれて体は動かなくなっても魂は滅びることはなく、肉や毛皮をまた身に着けて人間のところに戻ってきてくれるのだという。ただし動物の声を聞き、いい関係を築くことができたらの話。

ふとこの話を思い出し、もしかするとそんな力があったなら、来るべき日を迎えた後も古老の魂と話をすることができるかもしれない、という考えが湧きあがってきた。そんなわけで古老に会いに病院へ行く前に1、2時間、森を歩くのがこのところの日課となっている。まだ今のところ動物の話し声は聞こえてこないのだが。

（2015年5月）

永さんのヒント

増田明美

初夏の風に吹かれながら車椅子バスケットボールの日本選手権を観に行った。車椅子と車椅子がぶつかり合う衝撃音や、タイヤと床が擦れてゴムの焼ける匂いが競技の激しさを物語る。そして倒れた選手が自力で起き上がろうとするのを、相手チームの選手が助ける優しさがいい。5年後に東京オリンピック、パラリンピックを控える中、数年前と比べて格段に観客数が増えていたのも嬉しかった。日本車椅子バスケットボール連盟の会長さんが「最近は企業のバックアップが増えてきている。協賛金だけでなく、大会に社員の皆さんが応援に来てくれるんですよ」と話してくれた。東京オリンピック、パラリンピックの開催を機に、日本に様々な「レガシー」を残そうという声が聞こえる中で、自然に障がい者を応援する気風こそが素敵な遺産なのだと思う。ただ、本音もちらり。「競技者の育成が求められる中、交通事故が減って自動車の安全性も高まった。下肢の障がい者自体が減っている」と。それは大変喜ばしいことだけど、競技者の絶対数が減っているという現実的な問題も。複雑な気持ちである。

試合会場入り口には、大会を観に来た人に車椅子を体験してもらうコーナーが用意されていた。選手が試合で使用するタイプの車椅子に乗ることができる。激しい動きでも転倒しにくいように車輪は斜めに付けられ、しかも徹底した軽量化が図られていて、体験した小学生はすぐに車椅子でスイスイと走り出し、Uターンをするなど自由に動き回っていた。日本製の車椅子は評価が高く、世界中のパラリンピック選手から注文を受けていると聞いて、また誇らしい気持ちになった。

そんな矢先、「使う人の気持ちが分かった車椅子はないの」と注文を付けたのが永六輔さんだ。5月に演芸会でお会いした時におっしゃった。永さんは数年前に転倒して骨折して以来、車椅子での移動が多くなっている。「街を車椅子で行くと、タイルの道はゴツゴツと振動が響いてお尻が痛いし、歩道の段差はガツンと腰にくる。競技性を極めた日本の技術を生活者の快適さに応用できないものかと考えます」と永さん。成程と思った。確かに3年前のロンドン五輪の時も、日本の技術者たちは車椅子マラソンの選手用に、石畳に対応できるタイヤの開発など工夫を凝らした。あの車椅子なら日本のどんな路面にも対応できるはず。でも軽量化のために座面は布張りでクッション性はないから、お尻は痛いかも。競技用の良いところを生かし、足りないところは改良して一般用の車椅子にすればいいのだ。
永さんとお会いすると、こうしていつもヒントを頂ける。私が選手を引退し、ラジオの仕事で初めてお会いした時にも「取材と言うのは、材を取りに行くことです」と教えて頂いた。だから興味のある現場や会いたい人の所へ足を運んで、肉声を聞いたり表情を見たり、肌で感じることを大切にしている。車椅子バスケットボールの日本選手権、最前列で試合に見入っていた車椅子の少年の強い瞳に、2020年が待ち遠しくなった。

（2015年7月）

The Kids Are Alright

阿部和重

山形にはもう何年も帰っていない。いや、それは嘘だ。仕事でほんの数時間立ち寄った程度をのぞけば、山形にはもう何年も帰っていない、というのが正確だ。

したがって、山形の友人たちにももう何年も会っていない。六、七年前に地元で開かれた同窓会に顔を出して以来、あっちの連中とはだれとも顔を合わせてはいないはずだ（同時期、都内での同窓会的な集まりには参加したような記憶もあるが……）。SNSでのつながりくらいは多少はあるものの、こちらからなにか書き込むことも「いいね！」ボタンを押すこともないため、ほぼ音信不通の状態に近いありさまだ。

そんな薄情な人間でも、自分にとって友人として真っ先に思い浮かぶ存在が山形にいる。彼は毎年年賀状を送ってくれているにもかかわらず、薄情で筆無精のわたくしは返信せず、せいぜい新著を贈るくらいのやりとりしかないのだが、自分にとって友だちといえばまず、その男なのだ。

長年のつきあいのなかで、彼には多くの影響を受け、さまざまなことを教わってきたが、最も強く印象に残っているのは食に関するこだわりである。早くも小学生時分から美食探求の道に足を踏み入れていた彼に誘われて、わたくしがはじめて寿司屋のカウンターで握りを食したのは小五のときだった。寿司の日というのがあって、そのサービスデーは五、六百円かそこらで何貫か握ってもらえるという情報を得て、ふたりだけで地元の歓楽街にある店に食べに行ったのだ。

そんなふうにして、彼とはいろいろな店に出向いた（行きつけの食堂で何度も食べたカツ丼の味がにわかに蘇ってくるが、あの店はもうないらしい）。当時はまだ山形になかった回転寿司の店が仙台にあると知り（ウィキペディアによれば、それは「東日本で初めての回転寿司店」だったようだ）、もうひとりの友人を加えて三人で行ってみたりもしたものだ。

あれはたしか、小六か中一くらいの年の頃で、子どもだけで仙台を訪れるの自体、はじめてのことだった。山形のちいさな町に暮らすローティーンにとって、仙台市街はまったくの大都会であり、わたくしなどは時空を超えて未来社会にでも迷い込んだかのような気になって完全に浮き足立ち、恐るべき速さで無口になってしまった。

いっぽう、そんななかでも彼には、普段と変わらぬ様子でわれわれを先導してくれる頼もしさもあり、初の回転寿司体験も無事に果たせたのだった。その頼もしさはときどき、無茶とか無謀などにたやすく様変わりしたりもするのだが、いずれにせよ、そうした無鉄砲な性格のおかげで身の丈以上の経験をしてこられたし、たびたびおいしい食べ物にもありつけたのだから、何年後かの大晦日に、調子に乗って彼が道端でケンカを売った大学生に、なぜかわたしひとりがひたすら追いかけまわされる羽目になったのも、輝かしい青春の一ページだったわーと笑って、思い出ボックスにしまっておくことにしよう。

（2015年11月）

丼の温かさ

寺尾紗穂

ついこの前、金木犀の香りに心躍ったかと思ったら、もうその香りもすっかりどこかに薄まってしまった。温かいものが恋しくなって、人と繋ぐ手の温かさも改めて感じる季節になった。冬は丼、ではないかと思う。冷え切った手にたとえば天丼の丼鉢の温かさはやさしい。これが、うどんやそばなどの汁ものだと、少し熱すぎる。ごはんの温かさが器を通じてゆっくりと凍えた手をほぐしてゆく、その熱の伝わり方に、ぬくもり、という言葉を想起する。

長女が小学生になってから、三人姉妹を全員自転車に乗せるということはなくなったが、全員保育園時代はそういう芸当をしながら毎朝園まで自転車を飛ばしていた（本来は違法です）。忘れ物や失くし物が多く、念入りな支度が苦手な私にとって、コートを着せたり手袋をはめてやったりしなければならない冬の朝の子どもたちの支度は一層時間がかかり、ようやく支度が出来て一人ひとり自転車に乗せて出発すると、気づけば自分が手袋をし忘れていることもしばしばだった。

そもそも、傘とか靴下とか、手袋とか、ようするに自分の身に着ける小物のたぐいを、私はすぐ失くしてしまう。ひと夏に何度も日傘を買うはめになるし、靴下も手袋もかたっぽどこかに行ってしまっている。スリッパも、いつも家のどこかで脱いでしまい、探し出すのに一苦労だ。だから、手袋をしないで出発してしまうこともしょっちゅうで、とりわけ三人娘を乗せた重たい自転車をひとたび出発させたら、止まって何かを取り出したり身に着けたりというのは、面倒なだけでなくいくらか危険でもあった。

あの日も保育園からの帰り、冬のあっという間に暮れた夕闇の中を、私は手袋をしそびれて出発した。自転車に北風が吹き付ける。手はじんじんとかじかんだ。ようやく家につくと、もうほとんど子どもたちの顔も見えないくらいに闇が深まっている。そうして自転車を止めて、一番前の三女から順に抱き上げて下ろしてゆく。脇の下に両手を入れて持ち上げた瞬間に、そのじんわりとした温かさを感じた。寒さの中で守られていた小さな子どもの体温が、冷え切った手に伝わって緊張がほどけていく。次女、長女と持ち上げるたびに、おんなじ温かさが手に伝わった。それはちょうど真っ暗な闇の中で三本のろうそくに順に灯をともしていったような、そんなイメージで私の心に残っている。丼の温かさにも似たそのぬくもりに気づいた日について、私は時たま思い出す。

長女が生まれたとき、「あと20年くらい一緒に暮らすんだ、よろしく、と思いました」とラジオで話して「ドライですね」とＤＪの人に笑われたことがある。一緒に遊ぶのは好きだけど、母性愛と言われてもぴんとこないし、忘れっぽいし母親業は多分★二つくらいだろう。

それでも、忙しい日々の折々に、心に残ってゆく君たちのぬくもりを忘れたくない、と欲張りなお母さんは今日も思っています。


（２０１６年１月）

魔法使いのおばさん

川島小鳥

先日、引っ越しをした。

何件も内見をして、あきらめかけていた時にふと見つかった物件。日当たりよし、眺めよし、駅からの距離も近い。長い商店街のある素敵な町だ。

新しい町で楽しい新生活！　のつもりが、もともと小心者の性格のせいで、新しい部屋の全てに慣れない。見慣れない壁、窓からの景色、光の差し込み方。まだ、自分の感覚になじまない部屋の空気に、心細くなってくる。新しく配置した家具も、買い換えた電化製品も、どこかちぐはぐで、ここが自分の場所だ、という落ち着きが持てないまま日々は過ぎていった。

夜、ベランダから遠くのビルを眺めては、都会の生活はなんて孤独なんだ！　と落ち込んだり、新調したベッドで、朝目覚ましより早く起きてしまって、慣れない部屋にまたため息をついたり……という話を友人にしたら、引っ越しくらいで大袈裟だと笑われたり、住めば都だよ、と慰められるけれど、一度シリアスになってしまった僕の心はずっと不安でいっぱいだった。

そんなある日、母親から急に連絡があり、僕が住んでいる町に友人と遊びに来ているという。もし時間があれば昼食を一緒に、ということで、急いで待ち合わせの場所に向かう。

母の友人のおばさんは、僕が子どものころ住んでいた水戸で、近所でよく遊んでいた年上のじゅんいちろうくんと、その妹のまりえちゃんのお母さんで、子ども同士は引っ越してからは会わなくなってしまったけれど、母親同士は今もこうしてたまに出かけたり、食事をしているらしい。

路地に入ったところにある和食のお店で魚の定食を食べながら、母親とおばさんは、近況報告や、まりえちゃんやじゅんいちろうくんや、僕の兄弟の家族についての話をしていて、僕はただうなずいて聞きながら、大人になってたまにしか顔を見なくなった母親が元気そうであることに内心ほっとしたり、子どものころの水戸での暮らしを思い出したりしていた。子どものころから30年ほどの時間がたっているのだから、そのころのおばさんと今の自分は同じくらいの年齢だったのだ。おばさんの品のある横顔は相変わらず。

会計を済ませて外に出ると、小さい路地を曲がった塀の上に猫が座っていて、2人はかわいいと言い、携帯で写真を撮ったり、小さいお店がたくさんあって楽しいねえ、と言い合っている。別れ際に、いい町に引っ越したね、お仕事頑張ってね、とおばさんは言って笑った。いたたまれないような、でも胸の内側がほっとあたたかくなるような気持ちになり、少しだけ涙目で早歩きになる。

いい町に引っ越したね、という一言が、見える世界をじわじわと確実に変えていく。心を覆っていた不安の雲が消えてゆき、太陽が覗いてくる。路地を曲がれば、新しい友達に会えるような、わくわくとした子どものような気持ち。

この町でも、きっと楽しいことが、素敵な日々が待っている。

（2016年1月）

人の風景

あさのあつこ

二〇一五年の秋は、慌ただしい日々の内に過ぎた。

酷暑がようやっと峠を越した八月の半ばに、娘が三人目の子を出産し、雨が続いた九月の半ば、九十四歳の義父が他界した。

生と死。人の一生のスタートとゴール。まるで違っているようで、とても似通っている。眠るような安らかな義父の顔と、眉間に皺を寄せてむずかる嬰児の面が重なって、ああ人は確かに輪っかなのだと、思ったりしてしまった。くるりと回って一つに繋がる。

義父はお骨になり、黒い枠に縁取られた写真の中で穏やかに笑っている。お酒が好きで、おしゃべりが好きで、子どもが好きな人だった。人間そのものが好きだったのだろう。九十四という享年を考えれば、ほとんど家族葬のようなひっそりしたものになるだろう。華やかで賑やかなことを殊の外好んでいた故人が淋しくないように、せめて、祭壇は美しい花々で飾ろうかと思案もしていたのに、何と、通夜にも葬儀にもたくさんのたくさんの方々が集ってくださった。

わたしは、個人的には葬儀は密やかでいいと思う。威を誇るような派手派手しいものは嫌いだ。ただ、義父の葬儀は派手というより賑やかでどたばたして、いかにも故人らしいユーモアさえあって、楽しかった。葬儀の雰囲気を楽しいと表現するのは、些か憚られはするが。

今、思い出しても笑える事件があった。名付けて「餡パン騒動」。葬儀の早朝、通夜の会場から一旦自宅に帰り、仮眠していたとき電話が鳴った。葬儀場に泊っていた義母からだ。祭壇に飾る餡パンが足らない。大至急、百個用意して欲しいと言う。田舎の葬式に炭水化物は欠かせない。山盛りの餅とパンがいる。それを葬儀の後、参列者に分けて持ち帰っていただくのだ。食糧事情の厳しかった昔の名残だろうか。手配していたはずのパンがどういうわけか、足らないと言うのである。しかも、百個も。

時計を見る。午前五時半。葬儀の時間を考えればどんなに遅くとも八時前には揃えなければならない。六時を待って、顔見知りのパン屋さんに縋《すが》りつく。「四十個なら何とか用意する」との返事。かくなるうえはと息子と婿に「コンビニ中のパンを買い漁って、残り六十個、確保せよ」と指令を出す。ジャムパンでもクリームパンでもいい。ともかく、百個だ！

で、てんやわんやの騒動の後、百個のパンは集まったのだが、わたしも息子たちも葬儀の前にして、既に疲労困憊とあいなった。でも、そんな珍騒動を義父はくすくす笑いながら見ていたような気がする。「わしはパンより握り飯がええなあ。敦子、握り飯百個、作ってくれんか」なんて冗談が聞こえた気もする。山盛りのパンを見ながら、わたしもくすりと笑っていた。

義父は仏になり、赤ん坊は人としてすくすく育っている。この前、冬晴れの空へと赤子を掲げてみた。

碧空を背景に笑う赤子はもう、この子だけの面構えになって、義父と重なる様子は僅かもなかった。


（2016年1月）

とけないまじない

片桐はいり

となりにいる人をぽんとたたく。なんにもいわないで。先にたたいたものが勝ち……。竹の子だの松茸だの、その年の初物をいただくとき、わが家ではお膳の前でよくこんなしぐさがくり返された。誰がいの一番に初物に気がつくか。誰が最初にとなりの人にタッチをするか。それに成功したものだけが、七十五日長生きの権利を手にできる。

「初物を食べると七十五日寿命がのびる」わが家ではこの言い伝えに、なぜかこんなオプションがついていて、たいていはわたしが、テレビに見とれる父親のひじなどつついてひと季節ほどの寿命を勝ち取っていた。父親は悔しげに下あごつきだし、「はいはい、せいぜい長生きしてちょうだい」とかいいながら、そろって旬のはしりを楽しんだ。

これがどこぞの地方に伝わるものなのか、わが家の秘伝か、わたしは知らない。父親も母親もすでにあちらへ行ってしまったから、いまやこのしきたりを守るのはわたしひとりだ。ほかに家族もいないので、毎年京都から新茶が届いても、山形からさくらんぼが届いても、わたしの手はあてなく宙を舞うばかり。しかたがないからこのごろはむしろ、「おう、初物だ初物だ。ことしも元気だ！」と大声出していうことにしている。

ことさらに信心深いたちでもないが、物心つく前からすりこまれたこうした迷信のたぐいは、さからうのがとてもむずかしい。昨日今日ついたシミとは頑固さの程度がちがう。親はとうにいないのに、わたしはいまだに夜爪を切るのがこわい。

「夜に爪を切ると親の死に目に会えない」図書館で調べてみたら、「親の死に目に会えない」とは、臨終の場面に立ち会えないという意だけじゃなくて、親が死ぬまで生きられない、ことをいうのだそうだ。

今より暗い昔の夜。ほの灯りで爪を切って深爪などしたらどうする。飛んだ爪ふんでけがでもしたらどうする。ばい菌入って大ごとになったらどうする。親より先に死んでどうする。ということらしい。昔の人の過保護なくらいの思いやりだ。数ある迷信の由来を知れば知るほど、微にいり細をうがちあらゆることに注意をうながして、なんとしてもわが子を災いのそばに近づけまいとする昔の人の思いの深さに胸がふるえる。

十年ほどだが両親を介護した。ふたりを見送ったとき、ああ、これでいつでもこの世からおさらばできる、と思った。とほうもない寂しさと、とんでもない解放感がおんなじだけあった。霊柩車を見てももう親指を隠さなくてよくなった。爪がのびたら夜中だろうと堂々と切ればよい。なのに、どうしてもできない。長生きがしたいわけでもないのに、新しい季節がくるごとにありがたく初物をいただいて、寿命をのばし続けている。

ことしもまた、山形から立派なさくらんぼがやってきた。つやつや輝く、あの命のかたまりみたいな赤い実を見ると、親たちから、いや親を通りこして見も知らぬご先祖さまたちから、なんとしても生きろ、といわれているような気がしてならない。

（2016年7月）

父、母、ご先祖様

秋野暢子

来年、六十歳になります。ウヒャー、還暦ですよ。

十八歳の時、NHK朝の連続テレビ小説『おはようさん』でヒロイン鮎子を演じて、四十一年が過ぎ、今年『とと姉ちゃん』で仕出し屋「森田屋」の森田まつというお祖母ちゃんを演じさせて頂きました。

月日が経つのは本当に早く、あっという間にお祖母ちゃんを演じられる歳となりました。

『ファミリーヒストリー』という自身のご先祖を辿る番組が好きなのですが、両親や祖父母、その上の血の繋がりを知り、驚いたり、涙したり。出演者は皆、自身のルーツに感動し「子供たちに伝えたい」と仰います。確かに、私も親が生きている時にもっと色々聞いておけば良かったと、後悔しています。

母は米屋の次女で、呉服屋の長男の父に嫁いだのが二十歳の頃だと言っていたような……。

この程度の記憶も曖昧でして。父の祖父に至っては写真でしか見たことが無く、祖母とのかすかな思い出は、食の細かった私に火鉢の側で煮豆を乗せたご飯を気長に食べさせてくれたことくらい。祖父母や両親が呉服屋で働いていた姿は全く記憶に無いし、本当に呉服屋だったのかしらと思うほど。というのも、父が知人の借金の保証人になり、全財産を失ったのは私が五歳の時。物心ついた頃には我が家は着物の蔵だった建物で、一家三人（父は債権者から逃れるために他県に）、母と兄と極貧生活を送っておりました。

そんな生活を支えたのが母のお針の内職。大正の女性は着物の一つくらい縫えて当たり前。朝から深夜までお針台に座り、せっせと着物を縫い続けていました。ですから、残念なことに私は母の側に寄ることを許されませんでした。針やハサミ、危ないものがたくさんあるという理由で。母の隣や父の肩車が恋しい年頃、寂しいなぁと思っていましたが、今になって、父と母の辛さを慮ることができるのです。両親共に豊かな家庭に生まれ、幸せに五十歳と四十五歳まで生きてきて、突然他人の借金を背負わされて一文無し。十四歳の長男に、これから就学させなければいけない五歳の娘。きっと暗い蔵の中で頭を抱えたことでしょう。

しかし父も母も頑張った。父は駐車場の管理人になり、少しずつ返済を。母は私たち兄妹の生活全てをお針一本で支え、兄も私もなんとか高校まで行かせてもらいました。あの時の父や母の気持ちをもっとちゃんと聞いておけば良かったなぁ、と思っています。お話は、私が天国に行ってからになりますね。

若い時は親のことなど深く考えることは無かったのに、歳を重ね、思いを馳せるようになりました。娘には今のうちに色々話しておきたいな、と思うのですが、彼女も私の若い頃同様、毎日仕事で忙しく、一日に十五分位しか顔を合わせなくなっています。まぁ、そういうものなのですかね。

今、心から父や母、ご先祖様に感謝しています。実はこの原稿、お盆前に書いているのですが、今年もお墓参りに行きます。

あの頃の話、聞けないかしら。

（２０１６年９月）

遠山堂のことなど

前田英樹

私は、今年満六十五歳ということで、長いあいだ勤めた私立大学を、来年三月でありがたいことに定年退職になる。そもそもが教師というガラでなし、別段何の感想もないのだが、退職すれば、これまでよりも呑気な時間が増えることは間違いない。それは、まことにうれしいことである。

私の生涯の仕事は、文章を書くことと自分だけで決めてきたから、こっちのほうは変わりなくやっていくほかないだろう。これとは別に、私は新陰流という古い剣術を十九歳の時から下手なりに稽古し続けてきた。こんなに長く、飽きもせずにやってきたということは、よっぽど性には合っているのだろう。これも変わりなくやっていくが、特別な理由などない。飯を食べたり、昼寝したりするのと同じことだ。

私が、新陰流の手ほどきを受けたのは、渡辺忠敏という先生で、名を「遠山《えんざん》」と号していた。

当時、七十代なかばの遠山先生は、無口で柔和、脱俗という言葉がぴったりの、白い鶴のような老人だった。人がこんなふうに老いる環境というものを、私たちは失って久しいのだろう。遠山先生から、私が教えを受けたのは一年半ほどで、それだけ教えると、先生はさっさと亡くなってしまわれた。このことを、私はさして残念とも感じていない。一年半で、先生は生涯の宿題を残してくれたし、動くその姿は今も心に焼きついて消えることがないから。

それにしても、先生の亡くなりかたは、あっけなかった。年の暮れに、中野区の体育館で弟子たちに最後の稽古をつけ、賑やかに納会をやり、数日後に逝ってしまわれた。自宅で夕食をすませたあと、不意に倒れられたようだが、私は奈良に帰省中で、何も知らされず、葬儀にも出ていない。年が明けて、上機嫌で中野の稽古場に向かったものだ。

先生は納会のあと、自宅近くの豊田駅で長いことタクシーを待ち、少し風邪を引かれた。それでも日課の独り稽古を児童公園で続け、それがいけなかったのだろう。尤《もっと》も、いけなかったのは、弟子たちのほうで、先生にしてみれば至って本望だったのではないか。死ぬ日の夕方まで、変わりなく稽古をしたのだから。児童公園での稽古というのは、読者には意外かもしれない。しかし、こんなものなのである、いまどき古流の剣術などをやり抜いて、特に定職も持たず、一生を送った人というのは。

話は変わるが、私は今、自宅の近くに自分の稽古場を建ててもらっている。都幾川《ときがわ》に住む大工の棟梁で、高橋俊和さんという伝統工法の名人がいる。この人に無理難題を言って、困らせている最中である。来年の春には、完成すると思う。出来上がったら、ここで日課のごとく独りの稽古をし、本を読み、場合によっては酒を呑み、涎を垂らして昼寝をする魂胆である。

建物には「遠山堂」という名を付ける。「遠山」とは、新陰流の極意を表わす言葉で、ここに書く紙幅はないが、なかなか含蓄ある意味合を持っている。私は、この場所に遠山先生の魂を迎え入れ、再び先生の下で稽古をするつもりである。

（2016年11月）

小さな寝顔

川内倫子

今年の夏、高齢の初産ということでもろもろ心配もあったが、無事に出産した。出産前に里帰り出産ではないと言うと、じゃあお母さんが来てくれるんだね、と周りの人に何度となく言われたし、母もいくらでも手伝うよ、と言ってくれてはいた。だが、うちは夫が会社勤めではないので家のことは彼が担当してくれるから、とくに母が長く滞在して世話をしてくれなくてもやっていけるんじゃないのかなと考えていた。もちろん孫の顔を見に来てくれるとは思うけど、そんなに長くいないんじゃないかな、と答えると、そんなこと言わずに食事をつくってもらったりして甘えたほうがいいよ、出産後はとにかく休まないと！　と何人かの友人に言われた。そうだね、まあ産んでから様子みて考えるわ、と友人にも母にも言っていた。

そして実際出産を終えてみると、意外に元気で自分で家事もこなせてしまえそうだった。とはいえそこで無理すると後々大変だという話も聞くので素直に甘えることにし、とりあえず1

週間ということで母に手伝いに来てもらった。食事はもちろん、洗濯、掃除と世話を焼いてくれて、実際とても助かった。家事はぜんぶ夫もできるので、なんだか仕事をとってしまって申し訳ないような気もするね、と母は言っていたが、赤ちゃんがいることにまだ慣れない生活では、サポートしてくれる人は多いほうがいいのだった。入院中は赤ちゃんが泣くとどうしていいのかわからず、授乳もうまくできないしで、心細い思いをしていたのだけど、家に人がいると赤ちゃんが泣いても誰かが抱っこしたり、あやしてくれたりする。その手は多いほうがいいのだということが、数日経ってよくわかった。

そしてまた、母のつくってくれる料理を毎食食べられるというのも、贅沢なことであった。よく考えるとこんなに母の手料理を食べる日々は22歳で実家を出て以来だと気づき、この先の人生でもこんなふうに毎食をつくってもらうことはたぶん可能性として低いのだと思うと、この数日がかけがえのない時間なのだと気がついた。だから1週間経って、じゃあ明日帰るわ、と母が言ったときに、もうちょっといたらいいじゃない、とぶっきらぼうに言ってしまったのは、ちょっと泣きそうになったからだ。自分でもそんなに寂しくなるなんて驚いた。産後でホルモンバランスが安定していないというのもあるだろうけど、なんだか猛烈に寂しくなったのだ。結局滞在を3日延ばしてもらって、最後の数日を名残惜しく過ごした。

失ってからその大切さ、有り難さに気づくということは世の中の理だけど、その合間の猶予期間のようだった。出産前は母の手伝いはそんなに必要ないんじゃないかなとクールに思っていたのに、自分が母になった途端に、まさかこんな気持ちになるなんて、まるで子ども返りしたようで、自分を持て余すような気持ちになった。けれど、この子が大人になったとき、いまの自分のように、母と離れるのが寂しいと思ってもらえるような関係が築けるといいな、と横で寝息をたてる小さな寝顔を見て思った。

（2016年11月）

女ともだちのこと

内田春菊

女の友情とかいう言葉を出しただけでなんだか陳腐でげんなりしてしまうのですが、娘がここんところ、

「なんであたしに直接言わないんだよ‼　裏工作ウザい‼」

と、ある女子の仕業にキレていて、あ〜、あるかもね〜、と色々思い出しているところなのです。

その昔、妊娠中だった私は、人の悪口ばかり言う女ともだちに疲れてしまい、絶交状を書いたことがあります。「悪口ばかりで疲れたのでお付き合いをやめたい」と直球で。

そしたら、「甘えていました……」とお詫びの手紙をもらったのです！　そして今も仲良しです。新しいボーイフレンドが出来たばかりの時、私のライブを見に来て、

「男できただろ」

と言い当てたこともあります。まだ話してなかったのに、超能力なのか⁉　まあ相変わらず悪口は多いけど。

そうなんですよ、私の女ともだちには悪口上手が多くてね～。特に私の新しいボーイフレンドのこととなると猛然とけなすタイプが複数。ある時も「続いて三カ月だね」「半年だね」と大変な予言を浴びていました。

その中でも「半年」の人が特に凄まじく、「恋愛というよりおつまみみたいな感じ」なんて言う。まあしかしいつものことなので、うんまた良かったら話聞いてよ、と流そうとすると、

「半年後に」

まで言うではありませんか‼

まじか‼

そうなってくると、そのボーイフレンドの出てくる話を彼女に振りにくい。

自然疎遠になる。

そしたら何カ月か経った頃、

「最近連絡くれないのは何か……。わたし、ときどき知らないうちに人を怒らせていることがあって……」

とメールをくれるではありませんか。

まだ半年経ってないよ！　と内心思いつつ、

「大丈夫。あなたしか言ってくれないことがある大事な人だと思っています」

と返信したのでした。

するとさらに、

「私、春菊さんの今の彼にあったとき、『ほんとに幸せに出来るのか⁉』とレズのような気持ちになっていて……最近の作品を読むと、彼のいいところがわかってきました」

と言ってくれたのでした。

こんなこと言ってもらえて幸せな私です。その彼とは結局ダメになりましたが、彼女とはもちろん続いてます。きっついことでも直接言えるからこうなれるわけで、裏工作タイプでは難しいですけどね。娘にもそんなともだちが出来るといいね、と話しつつ、あったかいコーヒーを差し出す今日この頃です。


（２０１７年１月）

こどもを　だます

平田明子

こどものころ、祖父や祖母はいろんな話をしてくれた。「山の入り口の古い神社になあ、きつねが棲んでおって……」とか「人をまたいだその人の股から血がでてなあ」とか、怖い話も多く、そのたびに夜トイレに行けなくなった。だがそんなわたしも、十一歳下の弟が生まれると、怖い話をして弟が怖がるのをみて喜んでいた。そう。すぐに信じてしまうこどもたちの姿は、とても愛おしいものなのだ。

二十年ほど前、横浜で幼稚園教諭をしていた。無認可のその園は一軒家で小さな庭があり、そこで一日中こどもたちと遊びまくっていた。

当時からショートヘアで太っており、自分を「オレ」と言っていたからか、こどもたちの半分くらいには男だと思われていた。お昼ご飯はすきな人と隣合わせで食べていいので、「隣にしようよ」とこどもに言うと、「ラタ（当時のニックネーム）は男だろ！　おれ、ひろみ先生がいい」と言われたりしていた。

「いやいや、女だから」そう言ったときには、もうみんなどこかへ行ってしまった後で、だれも聞いてない。

そんなある日。こどもたちと庭に大きな穴を掘り、そこへ水を入れ泥水の池を作った。そこに滑り台を設置し、滑り台から池に滑り落ちる遊びをはじめた。これが楽しい！　どろどろになって、げらげら笑いながら遊んだ。

全身どろんこになったので、こどもたちと一緒にお風呂に入っていたら、こうたが言った。

「ラタ、ちんちんどこにやったの？」

（え？）こうたの視線の先をみた。（ん？　あっ!!）

「し、しまった。家の冷蔵庫に忘れて来た」こうたの顔があまりに真剣だったので、つい続けてこう言ってしまった。「大人って夜は外して冷蔵庫に入れているんだよ」

「おれ、まだとれない」……まさか、信じてる？　こどもって本当に面白いなあ、と思ったきり、けろっと忘れてしまった。

翌朝、こうたのお母さんが笑いながら近寄って来た。

「ちょっと、こうたに冷蔵庫へ入れてるって言った？　昨夜、お父さんに外してみせてって大変だったのよ！」

そうだ！　昨日うそをついたまま、こうたを家に帰してしまった。わたしはお母さんに平謝りし、こうたのところへ行った。

「こうた、昨日のちんちんの話、あれ、うそなの。ごめん」

「じゃあ、どこにやったの？」

「もともとないんだ。だって女なんだもん」

「ラタが？」じーっとわたしを見つめて、こうたが言った。

「うそつくなよっ！」

だからあ、そっちは、うそじゃないんだってば。

けれど、結局そのことはうやむやなまま卒園していってしまった。二十歳をもう過ぎたであろう、こうたくん。いまごろどうしているかな。

こどもたちとの日々は、ごちゃごちゃと楽しい玩具箱のようなものだったな。

（２０１７年１月）

なんだか照れくさい

呉 美保

　夫か主人か旦那か亭主か、いつも言いよどみます。正しい使い方がわからないというのもありますが、それ以上になんだか照れくさくて。誰かに話すとき、どう呼ぶのがサラッと自然に聞こえるのか、躊躇したあげく、毎回その部分だけモゴッと小声になってしまいます。あるとき、お歳をめした方が「わたしの彼はね」とおっしゃっていて、とっても素敵！　とさっそく真似てみましたが、結婚3年にも満たないわたしが使うとひどく安っぽく余計に恥ずかしく、一度限りでやめました。それからもいろいろ試しましたが、今は「秋永さん」と名前で呼ぶことにしています。相手からしたら、アキナガってダレ？　でしょうが、そこは前後の文脈からわかってもらえたらと、あえて説明しません。

　自意識過剰ですよね。だけど、どうも慣れないのです。できちゃった結婚でアレヨアレヨと夫婦になったからでしょうか。未だにひとの妻（照れくさい）になった実感がないのが正直なところです。わたしたちの間には、もうすぐ2歳になる男児がいますが、これまた母としての実感を持てあまし、誰かに話すとき、息子と呼ぶのが照れくさくて。「緑」とやはり名前で呼ぶことにしているのですが、その響きから「ミドリちゃん、娘さん？」と必ず聞かれてしまい「あ、いえ、息子です」と結局モゴッと照れながら、二度手間なやりとりでもあります。

役所に婚姻届を出したら夫婦になる。オギャーと子どもが生まれたら親になる。はずなのですが、ひとの気持ちはそう簡単ではありません。でもわたしだけでなく、きっといろんなひとが日々モゴッとされているのではないでしょうか。いったい、ひとはいつから夫婦になり親になるのかしら。そんなことをぼんやり考えていたら先日、ちょっと面白いことがありました。

撮影で終日、家を空けなければならず、秋永さんに緑のお世話をお願いした土曜日のこと。帰り道、深夜営業の書店の前を通りかかり、思い立ち、緑へのありがとうの気持ちを込めて、車の絵本を買いました。喜んでくれたらな、と帰宅するもふたりはすでに夢の中。大好きなお父さんとの一日がよほど楽しかったのか緑は大きな寝息を立てています。このままわたしもふたりの間に潜り込んで寝てしまいたい！　そんな衝動にかられましたが、なにせスタジオ帰りの身、埃だらけ。睡魔と闘いながら風呂に入り、水を飲もうとキッチンに立ったそのときでした。ソファの上に、見慣れない絵本が。暗闇の中、表紙に目を凝らすと、電車の絵。それもどこかで見たタッチの。ハッとしたわたしはカバンから車の絵本を取り出すと、なんと同じ作家、同じシリーズの、車と電車の絵本ではありませんか。同じ日に、同じひとのために、同じ作家の絵本を買う。ああわたしたちって、夫婦であり親なんだわぁ。と胸がいっぱいになりました。

翌朝、興奮冷めやらぬわたしは、起きるなり2冊の絵本を手に「ちょっとコレ運命やん！」と言うと、秋永さんはうすーく目をあけて、2冊の絵本を眺めたあと、こう答えてくれました。

「……呪縛や」

（2017年5月）

（追記）

この随筆を書かせていただいてから早5年。わたしたち夫婦の元には今、2歳になる次男もいます。同じお腹から産まれてきたとは思えない正反対の性格で、毎日がさわがしく、しあわせです。そして、わたしはまだ「秋永さん」のことを誰かに話すとき、どう呼んでいいやら、迷い続けています。

よろず屋の祖父と戦争

那波かおり

祖父は田舎でよろず屋を営んでいた。砂糖に煙草、歯ブラシ、ござ、せっけん、麦わら帽、線香、ちり紙、蠅たたき……。まさに万《よろず》の、ありとあらゆる生活用品がひしめき層をなす店で、祖父といっしょに過ごす時間が好きだった。

お客が電球を買うたび、祖父は柱から突き出たソケットに電球をくるくると回し入れ、不良品でないことを確かめてみせた。店のほの暗い一角に明かりがぱっと灯るのがうれしかった。ガラス瓶から取り出した氷砂糖のひとかけが店番のお駄賃だった。

祖父の太ももには肉を深くえぐられた傷痕があった。戦局が厳しくなるころ赤紙が来て、訓練もそこそこに南の島へ送られた。年嵩のひょろひょろ男ばかりの兵団で、入営したとき、教官が妙にやさしく、初年兵なのに酒保（兵営内の売店）でまんじゅうが買えたのも、全員南方へ送られて、生きては帰れまいと思われていたからだろう、と話していた。

祖父が生きて帰って来られたのは、ジャングル戦で脚を撃たれて内地に送り返されたからだ。二夜かけて地べたを這いずり、島の港にたどり着いたとき、動けなくなった体をかかえて船まで引き上げてくれた人がいたからだ。そういったものをまとめて、祖父は「ご先祖さまのご加護」と呼んだ。そして最後に言うのは、「戦争はろくなもんやない。戦争はもうまっぴらや」。

こういう話は一族に共有され、映画のシーンのように頭のなかで何度も再生されてきた。出征のとき、祖母が幼い母の手を引き、走って行進を追いかけたこと。深夜、島に上陸するとき、浜に鬼火が踊っているように見えたこと……。でも、これから書くのは、祖父が一度しか語らなかった話。どこにどうつなげてよいのかわからない、未編集のような短いシーンだ。

ある日、祖父はジャングルのなかでアメリカ兵とばったり出くわした。一瞬、お互いを見つめ合った。「撃つな。みんな死ぬから」と、その兵士が言った。英語で言ったの？　目がそう言った、と祖父は返した。ここで撃ち合ったら、加勢がやってきて戦闘がはじまる。だから、知らんぷりして別れよう。相手と自分が同時に同じことを考えたのだ、と。「そりゃあ、アメちゃんだって死にとうないわな」と、祖父は言った。だけど、おじいちゃん、そこで撃ち合ったら、死んでいたのはたぶん、あなたのほうですよ……。アメリカ兵とひょろひょろ兵士の祖父は、なにごともなかったように静かに別れたという。

これをご先祖さまのご加護のひとつに数えていいのかどうか、人道的精神と呼ぶのか世渡りの才ととらえるのか、奇跡の以心伝心なのか勝手な思い込みなのか、そもそも、なぜ祖父はわたしにだけこの話を語ったのか、落ちつく先も見つからないまま、長いあいだ心に刺さっている。もっと聞いておけばよかった。

あんなに話し好きだったのに、晩年の祖父は木が枝葉を断ち落とされるように記憶をなくしていった。でも、戦争という二文字は消えなかった。「戦争してはいかん。戦場はこの世の地獄や」それが最期まで残ったおじいちゃんの記憶の幹だった。

（2017年5月）

墨の香る教室の先で

辻村深月

子どもの頃の習い事で書道をしていたという人は多いと思う。かく言う私もその一人だ。私が通っていた教室は、まだ学校が週休二日ではなかった土曜日の午後。地元の子が多く通う教室は、書いたものを先生に見てもらうのに順番待ちの長い列ができる。私は、その時間が好きだった。読みかけの本を開いて読んでいられたからだ。

教室には中学生になる頃まで通ったが、書道の世界での私は劣等生だったと思う。長く通ったけれど、今も字はクセのある丸文字に近いもので、それがたまに情けない。

しかし、そんな私に、先日、当時の先生から連絡があった。書道の機関誌に先生が作品と文章を寄稿することになったそうで、そこに私のことを書いてもよいか、という相談だった。

原稿を見せていただいて、息を呑んだ。

どこかで読んでいただいたのだろう。私のエッセイの一文を先生が引き、毛筆で書いてくださっている。その流麗な字、そして、紙全体から漂う力強さに圧倒された。

「まずは活字を読む楽しみを　深月」

その字は、かつて小学生の頃、私に楷書でお手本を書いてくれた先生の筆致とはだいぶ違っている。ダイナミックに余白を使い、ひとつの作品として完成された、先生というよりは、一人の書道家、芸術家の本気の作品だということが伝わってくる。

その先生——駒田千文《こまだちふみ》先生が書に添えた寄稿文にはこうあった。

「これまでともに学んだ誌友は、いったい何人になるでしょうか。私の教室にも、作家である辻村深月さんが小学生の頃来ていました。順番を待つ間黙ってずっと本を読んでいたことを思い出します」

先生の「ともに学んだ誌友」の言葉に背筋が伸びた。

それは、かつての教え子に向けた言葉というより、大人になり、作家となった私に、先生がアーティストとして本気の顔を見せて対峙してくださった言葉であり、書なのだ。胸が熱くなった。子ども時代、本を読みながら並んでいた長い順番待ちの列の先に、まさかこんなことが待っていようとは。

早速お礼の手紙を書いた。先生のところに通ったにもかかわらず、こんな貧相な書き文字でお恥ずかしいと思いつつ。しかし、私があの教室で受け取ったものは、何も技術だけではない。ひとつのことに集中する、静かで尊い時間の過ごし方を、私はあの墨の匂いがする教室の中で教えてもらった。

数日して、今度は先生から小さな包みが届いた。開封すると、落款《らっかん》だった。書画などの作品に作者が署名とともに押印するもので、私も自分の本にサインする際には使っている。贈り物の品に落款を選んでくださるそのセンスもまた書の道の人らしく、先生の字で「深月」と彫られた自分の名前が誇らしかった。

そんなわけで、今年は先生の落款をよく使っている。もし私のサインをどこかで見かけたら、その下の落款にもご注目いただけると、とても嬉しい。

（２０１７年７月）

家族

森田真生

　もうすぐ二歳になる息子がいる。彼は毎朝、食事のあとすぐにうんちをする。オムツを替えながら、大きなうんちを確認すると、僕も妻も、思わず笑顔がこぼれる。

　息子は生まれた直後に二度、腸の手術をしている。大きなうんちが出るのは、腸が活発に動いている証拠だ。そんなあたりまえのことが、どれほどありがたいことか、おかげで、身に沁みてわかるようになった。

　何かを成し遂げるには、努力をしなければならない。あるいは、特別な才能がなければならない。一般には、そう思われている。なぜなら、意味あることを成し遂げるのは、とても難しいことだからである。だが、本当にそうだろうか。

「道は邇《ちか》きに在り、而《しか》るに諸《これ》を遠きに求む」とは、『孟子』のなかの一文である。努力をせずとも、腸は勝手に動こうとする。ことさらに意識するまでもなく、全身の器官には血液が通い、リンパ液がめぐり、必要なときに必要な場所へ、ホルモンや栄養が供給される。何十兆もの細胞が、分子レベルで協調しながら、ほとんど奇跡的な調和によって、いま「ある」という瞬間が支えられている。

健康に恵まれていれば、口から食べることだってできる。食べ物を口に含み、咀嚼する。そこに、繊細で、豊かな味と香りの経験が生まれる。食べ物の温かさ、胃が満たされる安堵感。それは、何物にも代えがたい喜びを心にもたらす。

視力は、目に入った光を色鮮やかな風景に変える。聴力は、自然の息吹を生き生きとした音楽に変える。歩き、摑み、微笑み、駆ける。そのための運動神経や筋力。すべてが順調とまではいかないとしても、生きて、この世にあるということは、全身が、驚くべき偉業を成し遂げているということである。

本当に大切で、価値あるものは、すべての人に与えられている。前人未到の発見や創造だけでなく、ただ「ある」という、誰もがあたりまえに成し遂げていることがすでに奇跡なのだ。

「事は易《やす》きに在り、而るに諸を難《かた》きに求む」と先の孟子の言葉は続く。本当に大切なことは、容易なこと、何気ないことのなかにある。それをことさらにして、なぜか遠くばかり目指しているのは、人間の性急で浅はかな意識だ。

昨年末から一週間ほど、息子が腸閉塞で入院した。心配で、苦しい時間だった。むかしは、自分はいつのたれ死んでもいいと思っていた。息子が生まれてみると、彼が自立するまで、どうしても生きたいと思うようになった。同時に、彼より先に、自分がいつか死ぬだろうと思う。そのことに、心から希望を感じるようにもなった。

息子は無事退院し、今朝もまた、立派なうんちを出した。奇跡は、いつも目の前にある。その簡単な真実に、気づき続けることは、簡単ではない。僕にとっては、家族との日々の何気ない暮らしが、近くて容易な真実を知らせてくれる、かけがえのない緒《いとぐち》なのである。

（2018年3月）

母と伊勢丹とバナナ

砂田麻美

私は今から7年前、癌で余命わずかな父を題材に『エンディングノート』というドキュメンタリー映画を作った。主人公の父は、高度経済成長を熱血サラリーマンとして駆け抜けた「特技は段取り」かつ冗談好きの人物だったから、映画を観てくださった方から「お父さんのキャラクター面白いね」などと声をかけてもらうことも多かった。

一方、母はと言うと、映画の中ではそこそこ父に尽くしてきた昭和の妻……風に描いたので、母について言及する人はほとんど皆無だった。一度だけ、とある映画評論家の方が「お母さんが気になる。お母さんはどんな人なのか?」と、私がさも何かを隠しているのではないか、という気配を漂わせてきたことがあって、この人は妙に鋭いなぁと動揺したほどだ。

実のところ、社会性の塊みたいだった父と相反して、母は色々な面で複雑な人だ。よく喋るが、昔から「主婦の集団が苦手」だから一切習い事はしないし、気がつけばいつもiPadでセリーヌ・ディオンのライブ映像なんかを見ていて、常に彼女だけが知る世界で生きているような危うさがある。

先日、母が新宿の伊勢丹で「バナナ」を買っているらしい、ということが兄弟の間でちょっとした物議を醸した。私が偶然それを目撃して、家族のグループラインに送信したのがことの発端だった。母は、少なくとも週に一度は家からほど近い伊勢丹に行くのを習慣としている。行くといっても、洋服や靴を買うわけではなく、店内をプラプラして最後に食料品売り場で少しだけ何かを買って帰るぐらいだから、家でじっとしているよりは足腰にいいし、親切な店員さんとの会話は割合と楽しいみたいだからそれはそれでいいのだが、とは言っても新宿の伊勢丹でバナナを買うというのはちょっとどうなんだろう、というのが皆の統一見解だった。たかだか数百円の話ではあるが、母と伊勢丹とバナナというコラボレーションからは、どうにも不穏な空気を感じるのである。

そこで兄の奥さんが「すごいですね、お義母さん。伊勢丹でバナナですか」と苦笑いし、兄も「やばいよ、お袋」とたたみかけたが、当事者は「甘い」と力説しているだけだから、らちがあかない。

母は、ただの一度も社会で働くことなく21歳で父と結婚した。結婚式当日は人生最大の

「鬱」だったという。父のビジュアルが嫌だし、自分の一生がここで終わってしまうと思ったのが鬱の理由だというが、それから半世紀後、死にゆく夫を前に「一緒に逝きたい」と手を握って涙するのだから、人間の情というのは何という働き者だろう。

自身のエンディングノートの中で、母に向け「あなたは一人では生きられない人です」と記した父は、あらゆる事務手続きを終えて死んだ。一方「90歳まで生きる」と言いながら伊勢丹でバナナを買う母を垣間見るたび、私はどこか腑に落ちない。父の亡きあと、たかがバナナ、されどバナナである。

（２０１８年３月）

井口さんのこと

大宮エリー

せっかくの『暮しの手帖』のお仕事である。スリランカに行って、すっかりハマって週1回スリランカカレーを作っている話や、最近は料理が好きで、外食はほとんどしないことも書きたかった。得意料理は、麻婆豆腐。花椒を煎り、すり鉢ですりおろすのをプラスしたことでいよいよ、これホテルで食べるのといっしょじゃん！　という域に達したことも書きたかったが、今日は書かない。

井口さんのことについて書こうと思う。井口さんの訃報を受け、私が今、井口さんでいっぱいになっているからである。井口さんは博報堂のプロデューサーで執行役員だった。私は元電通なので競合会社であるが、フリーになってから井口さんの仕事をしたことがある。井口さんはいつもへらへらしているひとであった。最初はそのへらへらにむかついたし、白いパンツを穿いて、いつも愛車マスタングの自慢をするし、最初から馴れ馴れしく軽いヤツ！　と思って無視していたが、井口さんのシャイさが歪んでそうなっていることが分かってから面白がるようになった。なぜ分かったかというと、CM制作でなかなか理不尽なことがあるときに「それって、でも、ふふふ、どうなんですかねぇ？」とへらへらしながら立ち向かうから。私が演劇をやったときに、あとで携帯にショートメールが。「感動したよ。だから楽屋は行かないね」。びっくりして、来てくれてたんならなんで顔見せてくれなかったの？　と怒る私に、「いやぁ、出演者とエリーの一体感があって、ほんとによかったからさ、俺はいいのよ、帰っていい酒飲みます」。そのときは理解できなかったが、数年後その感じ、分かった。そっと帰る。浸る。制作サイドの人間はそういうところがある。シャイなひとだった。

色々、アドバイスしてくれるので、だったらプロデューサーやってよ、と言うと、「俺なんかに天才エリーは支えられないよぉ」と馬鹿にして、はぐらかす。面倒みなきゃいけない部下がたくさんいたし無理もない。

それからまた数年経って、「短編作るんだけど、井口さん、プロデュースできない？」と久々に連絡した。いつか映画をエリーとやりたいって言ってたからだ。でも彼はそのときこう言った。「がんになっちゃってさ。でも抗がん剤でなんとかなるやつだから心配ないんだけどさ、無理はできないから」。そっか。くれぐれも体に気をつけてよ、と言った。それからどれくらい経っただろう。突然の訃報だった。何が抗がん剤でなんとかなる、だ。へらへらとそんときも。

井口さん、どうだったのよ。55歳でさ。でもね、井口さんはみんなのために精一杯生きたって気がする。そのくらい何か悟りのひとだった。ひとをやっかんだり、あがいたりがないひと。俺はいいのよと。でもさ、エリーはそれでいいの？　とふっかけてくるひとだった。「今のエリーって、どうなんですかぁ？」と。

訃報を聞いて、哀しいけれど、井口さんの最後のふっかけが来た気がした。

井口さん、ありがと。頑張るよ。

（2018年5月）

ひらがなの宛先

温　又柔

姪っ子が真っ先におぼえた文字は、も、である。

も、の字が、モモ、という自分の名前をあらわす音だと知ってうれしくなったらしい。自分と親密な関係がある文字は特別なのだ。

モモちゃんは今、三歳九カ月。

ついこのあいだ妹のまんまるに満ちたおなかに、早く会おうね、と呼びかけたばかりなのに、その赤ん坊が今では、も、の字が読めるとは。

そう思っていたら、私と夫宛てに一枚の葉書が届いた。

「お元気ですか？　また一緒に遊んでください」

葉書の片隅には妹の名前と、もも、という絵のような形のひらがなが添えてある。三歳児の姪による直筆の署名だ。モモちゃんは、も、の字が読めるだけでなく、もう書くこともできるんだ、と頬がゆるんだ。

後日、モモちゃんお返事が届いたって自慢してたよ、と母が私に教える。しかもモモちゃんは、ももちゃんまたあそぼうね、と葉書にある文字を一つずつ指さして、母と妹に読みあげてみせたとか。私はとても驚いた。

「モモちゃん、もう字が読めるの？」

「まだ全部は読めないよ。でも、知ってる文字があると声に出す。すごく時間をかけて、知ってる文字を探すの……モモちゃん、あの子の伯母とおなじね。字を、読んだり書いたり、好きみたい」

読める文字が、一つ、また一つと増えつつあるモモちゃんも、自分でおはなしが書いてみたい、といつか思うようになるのだろうか？

お祖父《じい》ちゃんもね、と母が続ける。

「おじいちゃん？」

「そう、あなたのアゴン、ママのパパも、あなたが書いた手紙を、今のモモちゃんみたいに読んでたね」

そうだった。字が書けるようになった頃、私もよく手紙を書いた。「VIA AIR MAIL」と印刷してある赤と青の模様に縁どられた封筒に台湾の祖父母の住所をしたためる母のそばで、私はいそいそ書くのだ。「おじいちゃん、おばあちゃん、おげんきですか？　わたしはとてもげんきです……」

　日本から届く孫娘の手紙を、祖父は古い記憶を手繰り寄せながら読んだはずだ。祖父が日本語をおぼえたのは、ずっと昔。台湾が、日本の植民地だったときのことだ。

「字を、おおきく、はっきりと書くの。そしたらおじいちゃん、読める。あなたのおじいちゃんは、ひらがなとカタカナが読める」

　八歳の私にそう言い聞かせたときと同じ口調で、三十八歳の私に母はアドバイスするのだ。

「おおきい、はっきりしたひらがなで書いてあげたら、モモちゃん、あなたの手紙、読める」


（2018年9月）

三歳の夏

坂本美雨

今まで花火というものに特別な思い入れはなかった。浴衣を着てデート、という思い出もなかったし、むしろ、人混みに出ていくのもな……と思っていたのだけど。今年初めて、大切な花火大会ができた。

娘が生まれた3年前、生まれたばかりの娘と二人きりで産院の部屋にいる時、長岡の花火大会のネット中継を見ていた。生まれて5日目だっただろうか。一歩も外に出ることなく、赤ん坊と向き合う日々。授乳やオムツ替えにもほんのすこし慣れ、帝王切開の痛みもだんだん薄れてきた頃。夫が届けてくれるアイスの溶け具合だけが、真夏の暑さを知らせてくれる。蜜月というべき閉ざされた甘い空気と、外の世界への恋しさが入り混じっていた。これから赤ん坊と共に出ていく世界は、今まで自分が生きてきたのとは全く別の世界のような気がしていた。

夕飯も食べ終わり、iPhoneの画面の中で、平原綾香さんの「Jupiter」にのせて、見たこともない規模の花火が打ち上がっていた。遠い夏の空で弾け散っている光が、手の中にある。自分がどこにいるのかわからなくなる。異次元に連れて来られたみたいだった。あの現実味のない、寂しくて、でも甘い空気を忘れられない。

今年、その長岡花火を見にいくことになった。8日後に同じ産院で同じ先生に取り上げてもらい、女児を出産した友人に誘ってもらった。彼女は彼女で、3年前、出産を間近に控え、自宅で同じネット中継を見ていたのだった。2組の母と娘、並んで河川敷に座る。画面の中で見ていた、あの花火が目の前で鮮やかに打ち上がる。その大きさ、勢いに圧倒され、感動よりも先に思わず笑ってしまう。娘は大きな音に怖がりもせず、持参した子ども用カメラでパシャパシャと撮りながら、ワァーー！　と声を上げている。そして、すぐに飽きて煎餅を頬張り、せわしなく動き回る。まったく、落ち着きがない子だなぁ。3歳になったんだなぁ。

彼女の栗色の柔らかくて細い髪の毛がぐちゃぐちゃになると、森で狼に育てられた野生児みたいになるのが好きだ。彼女のハスキーボイスがたまらなく好きだ。新しい言葉を私が口にする時、私の口元を見て発音を吸収しようとしている視線が好きだ。出がけになにかで怒られて機嫌が悪いのに、「はい、これでも持っていきなよ」とバナナを渡されると思わず「バナナがいっぽん、ありました〜」と歌い始めてしまい、怒ってたことも怒られてたこともどうでもよくなっちゃうところが好きだ。おともだちに「手、つなごー！」って自分からぐいぐいつなぎにいけるところが好きだし、3歳になったらおっぱいやめると宣言していたくせに、いざ3歳になったら「3歳になってもおっぱい〜」とコロッと変えてくるところも、めんどくさいけど好きだ。あの時の赤ん坊がこんなにおもしろい人間に育ってくれた。そして人々の熱気の中で、弾ける光と爆音が私たちに降り注ぐ。なんてミラクルだろう。

（2018年9月）

あの夏の子ども

ジェーン・スー

今年の夏は暑かった。この号が発売される頃には幾分落ち着いてほしいと願うが、まだ暑いかもしれない。「何べんやっても九月は夏」と、去年も一昨年も思ったのを覚えているから。

経験したことがないような酷暑なのに、家から一歩出た瞬間、蒸し風呂のなかにいるような、うだるような、と使い古された形容が浮かんでくる。気温が三十度を超えたら脳がまともに動いてくれないのだから、仕方がない。ひと夏かけて、空前の暑さにぴったりの斬新な言葉を探したが、どうしても見つからなかった。

風が吹いていれば暑さもまだ凌げるものの、吹いたところで熱風だ。これまた語り尽くされた話なれど、子ども時代に夏がこんなに暑かった記憶はない。いったいどうしてしまったのか。

ふと、小学生だったあの日の夏に思いを馳せる。すると、実家の板張り廊下が脳裏に浮かんできた。

夏休みには、家から歩いて三分の区民プールへ通うのが私の日課だった。プールから帰ってくると、母の茹でたそうめんやトウモロコシをたちまち平らげる。ダイニングのカーテンは外気の熱を遮断するために半分ほど閉められ、部屋には明かりもついていない。うすら暗いなか、テレビでは高校球児が球を追いかけていた。遠くに聞こえるセミの声をBGMに満腹の海に漂っていると、やがて眠気に飲み込まれる。船を漕ぐ私を見て、母はいつも廊下に布団を敷いてくれた。

階段を上がったところから始まる廊下は、父と母の寝室へと延びていた。寝室には父母のベッドの頭上に南向きの大きな大きな窓があり、それを全開にすれば真夏でも涼しい風が廊下を吹きぬける。母はクーラーをあまり好まず、暑さはできるだけ風で解決しようとした。そのせいか、私も強めのクーラーはいまだに苦手なたちだ。

廊下に布団を敷いて寝るなんて、お行儀が良いとは言えない。だからこそ、私はそれが大好きだった。真夏には非日常が良く似合うのだ。

寝室の窓だけでは飽き足らず、脱衣室からベランダに出るドアも全開にする。脱衣室の向かいの部屋の窓も同様に。涼やかな風が四方八方から吹いてきてとても気持ちが良い。蚊取り線香かベープを焚き、薄い木綿のブランケットをくしゃっと抱いて目を閉じると、私はいつだってすっと眠りに落ちた。

私が昼寝をしているあいだ、母はなにをしていたのだろう。私が食べ散らかした皿を洗っていたのだろうか。それとも高校野球の続きを見ていたのだろうか。母は高校野球が好きだった。夏休みは子どもに三食ご飯を作らなければならないから大変だと、同世代の女友達は口をそろえて言う。私は母の母業を労ったためしがないことを悔やむ。もう少し親孝行がしたかった。長生きしてほしかった。

来月十九日は二十一回目の母の命日だ。天国に風は吹いているだろうか。


（２０１８年９月）

ウザイきょうだい

金井真紀

「あんときの姉ちゃん、うざかったなぁ！」

　弟が電話口の向こうでうれしそうな声を出した。え、いつの話よ。と問うと、数カ月前、一緒に共通の知人の出版記念パーティーに行ったときだという。そこそこ広い店が貸切になっており、来場者は適当にテーブルにつき、適当にご歓談する、というスタイルの会だった。そこでわたしは、たまたま隣に座った初対面の作家に対して「うざい態度」をとったらしい。あぁ、そういえばいたねぇ、世界の財閥の本かなんか書いてるおじさん、とそこまでは思い出すのだが、自分がうざかった記憶がすっかり抜け落ちている。あの日はいろんなお酒が飲み放題で、いい気分でたくさん飲んだからなぁ。

　弟の目撃証言によれば、「姉ちゃんは最初、あの作家の話を興味深げにふむふむと聞いていた」という。だが、おじさんの口から「中国人がどうのこうの」との発言（詳細不明）が出た瞬間、目がすっと細くなったらしい。ゴルゴ13の目だ。刹那の静寂、そののち。「あのう、ちょっと待ってください。いまの文脈で中国人って限定する必要ありますか」みたいなことを切り口上で言ったらしい。

「うひゃひゃ、出たー！　と思ったね、おれは」

と弟は笑う。弟としては、相手が外国人についてちょっと皮肉っぽく語っている時点で「この人、うちの姉ちゃんの地雷を踏まなきゃいいが」と危惧していたとか。

「えー、全然おぼえてない。わたしそんなにうざかった？」

「うん、うざかった。でもしょうがないよ、おれたち……」

「ウザイきょうだいだもんね……」

最近、わたしたち姉弟はいちいちうざい。言わでもの事をわざわざ言い募ったり、いい歳をして反抗的な態度をとったりして、場を白けさせる。仲間を辟易させ、若い人を萎縮させてしまう。こうやって人は、頑固で扱いづらい老人になっていくのであろうか。当初は自分だけかと思っていたが、二歳下の弟も同じ症状に見舞われていると知って、「もうわたしたち、カナイという苗字をウザイに変えたほうがいいんじゃないの」などと話している。

うざさを分析すると、見えてくることがある。どうやら人それぞれ、沸点の低いテーマがあるらしい。たとえば動物虐待の「ど」の字を聞いただけで猛り狂う人もいれば、セクハラの話題が出たら必ず喧嘩までいくという人もいる。わたしはなぜか外国人への偏見を見過ごすことができず（自分の中にも偏見はあるのに）、福島に友だちが多い弟は原発について不用意な物言いをする人に絡む癖がある。

「つまり、うざさは愛なんだよ」

と弟は重々しく言った。愛の反対は無関心。ならば、問題に無関心でうざくない人間になるか、愛のあるうざい人間になるかの二択なのだ、と。なーるほど、そういうことか。わたしは電話を耳に当てたまま鉛筆を取って、「愛」と書いてみる。

（2018年11月）

夏休みと海

望月衣塑子

夏の沖縄が好きで、ここ数年は家族旅行の定番になっている。子どもが幾分、大きくなったので、今年の夏休みは少し足を延ばして十年ぶりに西表島を訪れた。

独身だった前回は気づかなかったが、子どもが参加できるツアーが豊富で、家族連れが多い。ツアー業者に聞くと、この十年間で業者の数もカヤックやトレッキングのコースも増えたという。以前はＳＵＰ（立ち漕ぎパドルボード）もなかった。

今回、楽しみにしていたのがシュノーケリングだ。前日まで台風の影響で荒れていた海も透明度が回復し、上原港から鳩間島までの三カ所で楽しんだ。初体験の子どもたちは、間近に見る魚に興奮していた。最近、何かと私への口答えが増えてきた七歳の娘も、すっかりはしゃいで腕に抱きついてくる。両手をバタバタさせて泳ぐ五歳の息子は、溺れているのかさっぱり区別がつかない。結局、いくらも海中を見られなかった。

そこで東京に戻る前日に、「浜辺で遊びたい」という子どもたちを夫に預け、一人でシュノーケリングの半日ツアーに参加してみた。波は穏やかで、浅い場所の淡い青緑から、深さ数十メートルの濃いブルーまで、下界にグラデーションが広がる。ど派手な色の魚がサンゴの隙間を縫うように泳ぐ。ベテランガイドが「ここまで綺麗なのは何年かぶり！」と驚いたくらいだから、よほど好条件だったのだろう。

エメラルド色の海――。手垢のついた表現だけど、本当にそのままの「エメラルド色」だった。自分の呼吸と水の音しか聞こえない。どっぷりと浸りながら、ふと、海が好きだった亡き両親を思い出した。特に母は一昨年まで、いっしょに私たちと沖縄に来るほどだった。

子どもの頃の「幸せの記憶」の一つに、家族で過ごした海水浴がある。家計は楽ではなかったが、両親は毎年、夏休みに兄と私と弟の三人を海に連れていってくれた。綺麗な海ではなかったし、床に妙な雑草が生えている部屋にも泊まった。しょっちゅうけんかもしたけれど、とにかく賑やかだった。

「きゃーー！」「見て見て！」。ほかのツアー客の歓声で我に返った。ウミガメだった。海底にじっとしていたウミガメが、突然、ぬっくと顔を上げて泳ぎ出した。ゆったりと私のそばを通り過ぎたウミガメは、そのまま海面で「ひょい」と顔を出した後、去って行った。挨拶だったのかしら。母と父が見ていたら、「衣塑子、見て！見て！」と、さぞかし興奮しただろうなぁ……。少し感傷的になった。

ツアーが終わってから、両親の霊前に供えるため、ひとつかみの砂と、小さな貝殻を海岸で拾う。砂の中をよく見ると、星の形の砂がいくつか見つかった。

宿に帰ってウミガメの話をすると、子どもたちは「いいなぁ」「見たい」とわめいた。「また来ればいいよ」となだめる。そう。母と父が私に残してくれたように、君たちのキラキラした幸せな思い出は、これからたくさん作れるのだから。

（２０１８年11月）

死んだ父の蔵書

速水健朗

5月に父を亡くした。言い方はなんだが準備は万全だった。葬儀は会員制の葬儀場で迅速に行い、コンパクトな遺産は揉めずに分配。だが棚上げされてきた問題がひとつ。蔵書問題。これには家族の誰もが目を背けてきた。故人の蔵書の処分はありふれた問題だが、うちの場合は少しだけ一般とは違うのだ。

何度かの引っ越しで冊数を減らしていたとはいえ、両親のマンションは下駄箱まで本であふれている。母の実家の二階までがいつからか父親の書庫になっていた。本の処分は、僕が担当。なにせ本を書くのが仕事で、親の本好きが職業に結びついているからという理由だが、当方には「関係ないんだよな」との思いもある。父の蔵書は息子にはなんとも理解不能なのだ。

まず母の実家の二階に手を付ける。『古事類苑』全51巻、『新編国歌大観』全10巻。『大和古寺大観』全7巻。どれも百科事典並のサイズ。お手上げである。フェイスブックで本好きたちに相談すると、町の古書店では手におえないだろうとの返答。かといって昨今は大学図書館も民間からの引き取りはしないようだ。困った。そしてこれは蔵書のごく一部でしかない。

父親は銀行員。だが我が家のトイレには『図書』が並んでいた。岩波書店が発行する新刊案内を父は末期まで定期購読していた。そんな家で育った僕ではあるが、角川文庫を赤川次郎から横溝正史まで（間に阿佐田哲也、荒俣宏、大藪春彦、片岡義男などが挟まっている）順に読むような角川少年だった。いまでも岩波の本には縁がない。親子だが読書の趣味は真逆である。レヴィ＝ストロース『悲しき熱帯』を発掘。父の蔵書には民族学関連の資料が大量にあり、ストロースが出てきても不思議ではないとはいえ、これにはちょっとした別の意味があった。

父親とは1年だけ2人で暮らしたことがある。僕が大学1年生で上京、父親は単身赴任。母親と妹を新潟に残しての東京・代沢での生活。会話はあまり成立しなかった。父親は平家物語など古典文学の話をする。たまに「おまえが最近読んだ本の話をしろ」と言われたが、山田風太郎の忍法モノくらいしか歴史に関心がない。平家と忍者。いやいや。あるとき背伸びをして途中まで読んだ本の話をした。それが『悲しき熱帯』だ。当時の僕は、少しニューアカかぶれ。父親は構造主義なんて知らないだろうと話題に上げた。100パーセント父親への反抗だ。

僕の『悲しき熱帯』は、数年後、貧乏な時代に古本屋で売った。だが父親はいつしか息子が話題に出した『悲しき熱帯』を読み込んでいたのだ。最後まで読んだのだろう。その本には大量の書き込みがあった。

父の蔵書の大半は金沢のオヨヨ書林に引き取ってもらった。ありがたいことに金沢にはレベルの高い古書店があった。店主の佐々木奈津さんは、『古事類苑』も『大和古寺大観』も知っていた。たまに店に立ち寄る我が父のことも覚えてくれていた。父の蔵書の何冊かは僕がキープした。書き込みのある『悲しき熱帯』も手元においておこう。いつか読み終えるだろうか。

（２０１９年１月）

最後の場所

木内みどり

これでお終いか……と覚悟するのは、いったいどこでなのだろう。病室や手術室だけは、御免こうむりたい。できることなら、いつもの暮らしの中で迎えたいから、できる準備はしておきたい。こんなわたしでも、父を亡くし義母と母を看取り、幾人もの親しい友達を失ってからは、自分の死と死後のことを考えるようになった。死ぬことは自然なことだと素直に受け入れられるようになった、今現在、68歳。

が、死ぬ瞬間はともかく、死んだ後のことが問題だ。死にそうになってからほんとうに死ぬまでで、わたしが決められることは限られているが、死んでしまってからのことはわたし自身が決めて準備しておくことはできる。

だって、わたしはお墓に入りたくない、あの白い骨壺に入れられたくない、戒名など付けられたくもない。そう、散骨してほしい。

人っ子ひとり来ないような辺境の地に、粉砕したわたしの「お骨」を入れた木箱を打ち捨ててきてほしい。そして、その場所がどこかなど忘れてほしい。

とは言え、誰がそれをするのか。連れ合いか娘か。ふたりともわたしの頑固・へそ曲がりをよくよく知っているから、わたしの望む通りにやってくれると信じている。

「お骨」を粉砕してくれる業者さんは検討してほぼ決めてあるし（粉砕代金の相場、2万9000円）。

先日は、「最後の場所」探しに山の奥の奥へ行ってきた。大きな川の流れに沿って登っていき、枝分かれした小さな川に沿ってさらに奥へ奥へ。看板ひとつなく人の気配は皆無。きっと、10年前も20年前も、いや50年前だって、ここはこういう場所だったに違いないと得心する場所。真っ直ぐに立ち並ぶ杉が作る陰で空気はひんやり、清潔だ。

「ここがいい……」と深く深く呼吸した。

ここここそが「最後の場所」と決めると、さぁぁっと樹々が揺らいだようで、心の底に木洩れ日が降りそそいだ。うれしかった。1泊2日つきあってくれた友人が、私の死後に連れ合いか娘とこの場所に来て「骨箱」を見届けると、約束してくれた。こうなってくるとうれしくて、死ぬその時までの時間が一層愛おしくなってくる。

いつかは死ねる、いつかはあの場所に行くのだという安心感。木の骨箱もやがては朽ち果て、中の「お骨」は土に還っていき……、はい、それで、お終い。
お・し・ま・い！
はは、気持ちがいい。

わたしは仏事が嫌い、お通夜、葬儀、法事が嫌い。誰のために生きているのか、なんのために生きているのかわかりはしないけれど、形式、慣習、常識などに縛られて生きていたくはない。一度きりのかけがえのない人生、最期の最期の最後まで、わたしらしくありたいと願っています。

（２０１９年３月）

うちのリカちゃん

新井紀子

娘が小学校に上がって少し経った頃だったろうか。「私もリカちゃんが欲しい」と急に言い出した。私世代にも懐かしい、あの「リカちゃん人形」だ。どうやら放課後にクラスメートの家に遊びに行き、お人形さんごっこを満喫してきたらしい。

0歳から保育園育ちの娘は、そういう遊びと無縁だった。土日は、我が家のガレージに、きれいな包装紙を貼った段ボール箱とお古の鍋やお玉を出して、お向かいの一つ年下のお嬢さんとおままごと。飽きたら二人で近所の原っぱへと探検に出かけていく。でも、室内でお人形さんごっこに興じる、という経験はなかったのである。

「どんなお人形なの?」

「目がパッチリしてるの」

「来週のお誕生日に、リカちゃんが来てくれるといいわね」

満足した娘が眠った後、困った。近所の昔ながらのおもちゃ屋さんは、とうの昔に廃業。どこに行けばリカちゃんを買えるのか、咄嗟に思い浮かばなかったのである。職場と保育園とスーパーの間をくるくる巡って日々を送っている女は、こういうときに無力だ。弱ったな、と思っているうちにひらめいた。

本棚の奥を探すと、あった、あった。昭和33年発行の松島啓介さんの『人形集』(ひまわり社)。私が幼い頃、母が人形やぬいぐるみを作ってくれた思い出の一冊だ。布と毛糸をしまってある行李の中を引っ掻き回して、肌色のモスリンと化繊綿を探し出し、一番易しそうな「マギーちゃん」という抱き人形を作り始めた。「縫ぐるみの人形、しかもまごころをこめた手作りの人形は、たとえそれがどんなに不出来でも限りない愛情を感じるものです」という著者の言葉に後押しされながら。

一週間、少しずつ夜なべをした甲斐があって、誕生日の前夜、とうとう人形は出来上がった。黒い毛糸で髪を縫い付け、お下げにした。娘の直線裁ちの夏のワンピースとお揃いの、ピンクに白の小さな水玉がついた布で、フレアーをたっぷりとったドレスを着せた。ピンクのズロースもはかせた。

人形を手渡した朝、娘はやや怪訝な顔をして、「これ、リカちゃん?」と聞いた。私は娘の顔を覗き込むようにして言った。

「そうよ、これが『うちのリカちゃん』よ」

「みんなのと、ちょっと違う」

「そうなのよ。お針のできるお母さんがいるおうちは、お母さんにリカちゃんを作ってもらえるの。でもね、世の中にはお針が苦手なお母さんもいるのよ。そういうおうちはお店屋さんで買ってくるの。でも、みんな仲良く遊びましょうね」

するとと、娘の顔が明るくなって、「うん！」と言い、「うちのリカちゃん」を連れて、外に飛び出して行った。その後、リカちゃんは娘と長い時間を共にした。おぶい紐で背負われていたこともあれば、膝小僧をすりむいて絆創膏を貼ってもらったこともある。やがて、娘の成長とともに彼女は役割を終えた。今は、私の書斎の棚の上で、静かに余生を過ごしている。


（2019年9月）

私の名は。

加藤千恵

千恵か郁恵か照子。

その三択を提示され、母は「千恵」を選んだのだと言う。わたしの名付けに関する話である。

以前、友人たちと自分の名前にまつわる話となり、そのエピソードを披露したところ、一人に尋ねられた。

「え、その三択を出した人は誰なの？」

わたしは答えた。

「地元の神社の人」

「近所の神社なの？」

さらに向けられた質問に、わたしは言葉に詰まった。神社とは聞いていたが、果たしてどこなのだ。初詣も行く年のほうが少ないし、神社と密な付き合いがあるというわけではない。しかし名前を付けてもらっているくらいなのだから、どこかくらい知っておくべきではないか。

わたしは帰省した際に、両親に質問した。

「わたしの名前付けてくれた人って、どこの神社にいるの？」

ところが両親の反応は意外なものだった。

父は、そういえばどこなんだっけ、と言い、母は、神社じゃなくってお寺じゃなかったっけ、と言う。いずれにしても、真実をわかっている感じではない。母が説明した。

「かか（父の母、わたしにとって祖母）が知ってるはず」

かかの家はわたしの実家から歩いて数分だ。その日のうちに行った。そして名付け親のことを尋ねると、あっさりとこう言われた。

「神社じゃないよ。山田さん（仮名）が付けてくれたの」

神社じゃない、という部分も気になりつつ、まずは山田さん（仮名）について教えてもらった。かかの答えはこうだった。

「わたしの妹の旦那さんのお姉さんの旦那さん」

遠い。その関係性にふさわしい名称は、他人、だ。

「山田さん（仮名）は、姓名判断の仕事してるの？」

「ううん、病院の事務。もう働いてないけど、昔は事務長さんだったんだよ」

勤めていた病院名も教えてくれた。そこは今も続いている、かなり大きな病院だ。大病院の事務長。すごいのかもしれない。しかし他人の子を名付ける理由がわからない。わたしは単刀直入に質問した。

「なんでその人に頼んだの?」

「なんか、画数とかいろいろ勉強してるみたいだったから」

わたしはつい笑ってしまった。勉強って。

確かに今のようにインターネットはなかっただろうけど、名付けのための本は売っていたし、勉強しようと思えば、父や母でもできたのでは。実際、あとで母に話すと、母も笑っていたが、少し不満げでもあった。だったらわたしが付けたかったのに、と。もっともだ。自分で考えるでもなく、遠い親戚に初孫の名付けを頼んだかかの気持ちは、いまだに謎だ。

(2019年5月)

紙の香り

本名陽子

「ママー、絵本読んで！」

「よーし、今日は何読もうか？」

「はらぺこあおむしがいい！」

「きかんしゃトーマスがいいの！」

4歳の娘と2歳の息子は、好きな絵本を片手に「膝の上」という特等席を奪い合っている。

一瞬の隙を突いて、娘がドンっと膝に乗ってきた。絵本選びにも席の争奪戦にも敗れた息子は、うっすら涙を浮かべてはいるものの、気持ちを『はらぺこあおむし』に向かわせているらしい。

これも生き抜くために身につけた知恵だ。

私にとって読み聞かせは、子どもとの大切なコミュニケーションであり、発見の場でもある。

ふたりを交互にぎゅーっと抱きしめながら、どんなトーンで話し始めようか考える。ゆっくりと鼻から息を吸い、絵本を開けば、ふわーっと立ちのぼる香り。紙の香りだ。学生の頃よく通った図書館や本屋をいつも思い出し、母の胸はきゅんとなる。

そしてこの匂いは、仕事で使う台本のそれでもある。

1995年。人生初の主役を任されたのはスタジオジブリの映画『耳をすませば』だった。4センチほどある分厚い台本には、高2だった私が空き時間に描いた猫の落書きや、音響監督からのダメ出しのメモが書き込まれている。そして今も紙の香りが立ちのぼり、即座に四半世紀前の日々が蘇る。

声の仕事というものは、基本的に、出演者全員が集められて一日かけて収録をする（ジブリの場合はその4、5倍は要するけれど）。自分に割り振られたセリフだけではなく、大勢がしゃべっているが具体的な内容は聞き取れない、（例えば賑やかな店内の）ガヤと呼ばれるセリフなども全員でやるのだ。みんなで作り上げる様子は、まるで全員野球のよう。それぞれの手にはグラブではなく、台本！

録音スタジオはそんな大勢の熱気や匂いをはらむかと思えば、別のときには私一人が閉じ込められ、海の底のような静寂が流れたりもする不思議の空間。初めてのレコーディング『カントリー・ロード』はプロの演奏家たちとの同時録音で、16歳の私はどれほど緊張したことだろう。「むしろそれが良い」と言ってくださった宮崎駿さんの言葉にどれほど救われたか。

「ママー、早く読んでよー」。はいはい、と応えると「今日は、わたしが読んだげるから、ママは聞いてて！」と娘。「おや、はっぱのうえに……」覚え立てのひらがなを一丁前に抑揚をつけて読みはじめる。あれれ、緩急のつけ方なんかは私よりもダイナミックで面白い。勉強になるな。くやしいな。

私も読もう。娘に負けずにあっと言わせるにはこれしかない。「おや、はっぱのうえにぃー……きれいなちょうちょになりましたぁー‼」と、途中のページを全部飛ばした力業。お腹を抱えて笑い転げるふたり。

ねぇ子どもたち、お母さんの大好きな紙の香りをいっぱい吸い込んでね。


（２０１９年11月）

パブリックな人

内田　樹

亡くなった橋本治さんが「最近読んだお薦めの本は何ですか?」というアンケートには回答したことがないと話してくれたことがあった。「どうしてですか?」と訊ねたら、「私が読んでいるような本は誰も読んでないから」という答えだった。橋本さんは、「誰かが読まなければいけないいけれどたぶん誰も読んでいない本」を「めんどくさいなあ」と思いながら読むというタイプの不思議な読書家だった。「じゃあ今は何を読んでるのですか?」と訊いたら『続日本紀』だった。

なるほど。

誰かがやらなければいけないのだけれど、誰も手を出さないものを見ると「これは私がやらなきゃいけないのかな……」と思ってしまうというのが、橋本さんの骨法だった。だから、「あなたは何を表現したくて、こんなものを書いたのですか?」という質問は橋本さんにとってはまるで無意味だった。『古事記』のジュヴナイル版を書いたり、『源氏物語』や『平家物語』を現代語訳（というのでは言い尽くせないが）したり、薩摩琵琶の詞章を書いたり、義太夫の解説をしたり、編み物の本を書いたり、少女マンガの本質を洞察したり……という仕事を橋本さんは自己表現としてしたわけではない。「誰かがやらなくちゃいけないんだけれど、誰もやりそうもないから」したのである。でも、橋本さんが骨身を惜しまずにそういう仕事を果たしてくれたおかげで、日本語の世界の一隅に、誰でもアクセスできる知的な「コモン」が出現した。

「コモン」というのは「入会地《いりあいち》」のことである。誰の所有物でもなく、誰でも利用できるひろびろとした場所のことである。昔はそういうところで人々は自由に牛や羊を放牧していた。でも、「囲い込み」が行われて（今で言う「地上げ」である）、誰でも使うことができた土地は「私有地につき立ち入り禁止」になった。行き場を失った自営農たちは貧困化して都市プロレタリアとなって、産業革命のための労働力を供給した、と世界史では習った。

「コモン」の私有地化は資本主義を加速する。だから、私たちは「自分らしさ」を誇示し、「自分の能力」や「自分の成果」をうるさく言い立て、「自分の割り前」を要求し、「パーソナルスペース」への他人の侵入に憤激するようになった。今の人は公共財を他人と共有して、適切に共同管理する技術をもう持っていない。必要ないと思って捨てたのだ。

橋本さんはたった一人で「コモンの再構築」を企てたのだと思う。みんなが使えるものを身銭を切って創り出して、「はいよ」と贈り物にして公共の場に差し出した。

橋本治さんはほんとうに「パブリック」な人だった。もし「コミュニスト」の本義が「コモンを大切にする人」だとしたら、橋本さんがまさにそれだったと僕は思う。

（2020年5月）

命の繋がりが運ぶもの

カヒミ　カリィ

先日、家の片付けをしていた時に、もうすぐ10歳になる娘が4年前に書いた母の日の作文が出てきました。彼女が3歳の頃NYに移住し、ずっと現地の公立校に通っているので、これは娘がやっと英語に慣れて、読み書きが好きになってきた頃のものです。題名は「マイ　マジック　マミー」。原文は英語ですが、こんな内容でした。

「お母さんは私が怖がる時、ぎゅっと抱きしめてくれます。お母さんはヒーターみたいにあったかいけど、もっといい。それからお母さんは、どの食べ物が良いか悪いかを見分ける力があって、ご飯はいつも心がこもってます。そして私が部屋を散らかしても、お母さんの手にかかるとすぐきれいになっちゃう。でも一番嬉しいのは、そんな人が私のお母さんだってこと」

小さな娘の心温まる言葉に、改めて胸が一杯になりました。そして毎日一緒に過ごす中で娘の印象に残っているものは、特別な出来事よりも日々のちょっとした事が多いんだなぁとふと思い、私が大好きだった祖母との思い出が蘇りました。

私は幼い頃に母を亡くしたので、夏休みになると祖母が私の世話をしてくれることが本当に嬉しくて仕方ありませんでした。料理上手で優しかった祖母から、私は初めて、家庭的で穏やかな幸せというものを教えて貰ったように思います。

風鈴の鳴る縁側でサヤエンドウの筋を一緒に取りながら、飛行機雲の話をしたこと。ちゃぶ台が高すぎた私に、「これに座ったら?」と薬入れにしていたクッキーの大きな缶を持ってきてくれたこと。夜中に目が覚めて茶の間に行くと、一日の家事を終えた祖母が一人でお茶を飲んでいて、いつも私を膝の上に乗せて話をしてくれたこと……。今でもくっきりと思い浮かぶ祖母との恋しい記憶は、やはりそんな何気ないものばかりだなぁと不思議に思います。

そんな事を思い巡らしていたある日、2階に住んでいる老婦人から花瓶に挿した珍しい植物を頂きました。随分成長して剪定をしたので、切った長い葉をおすそ分けしてくれたのです。

暫くすると、ヒョロヒョロとした緑色の長い茎のようなものが生えてきたと思ったら、それは葉に姿を変えました。こんな植物は初めてで驚いたのですが、やがて水に浸った部分から真っ白い根っこが現れたのでした。大喜びで一緒に土に植え替えた娘は色々と不思議に思ったようで、その日の夕方、台所で野菜を切っている私にこんな事を聞いてきました。

「植物は痛くないの？　切られちゃっても死なないでずっと生きてるの？」。素朴な疑問ですが話し出すと深いテーマです。野菜のスープを煮込みながら、植物と動物の違いや、命の繋がり方など娘とのんびり話していると、またふと祖母の事を思い出しました。そう言えば彼女も、私のこんな話に付き合ってくれたなぁと。そして今、一生懸命話をしている娘の表情は、どこか祖母に似ているのです。命の繋がりは、記憶や思い出、共に過ごした小さな幸せも一緒に運んでいるのでしょうか。

（2019年11月）

「もしもしー」のその先に

久保田智子

「もしもしー」。その友人の声はいまだに私の耳に鮮明に残っている。悩みの多い友人だった。時には週に何度か電話をかけてきて、不安や葛藤を私に打ち明けるのだった。正直またかと思いつつも、友人が落ち着くまで電話に付き合うよう努めた。そして、しばらく電話が来なかった。気分が落ち着いているのかなと思っていた。しかし、ある日、その友人が死んだと連絡があった。

目の前が真っ白になった。一体なぜ。私にできることはなかったのか。私は必死に記憶の中にある友人の声をたぐりよせようとした。「もしもしー」のその先に友人が言っていたことを、である。私たちは何度も何度も電話をしていた。私は話を聞いていたのだ。鮮明に耳に残る「もしもしー」の声。しかし、その先の友人の声が私の脳には残っていないのだった。友人は何を訴えていたのだろう。そしてなぜ私はそれを覚えていないのだろう。自分はろくでなしだ。

真っ白な光景が、今度はぐちゃぐちゃに滲み始めた。

「もしもしー」のその先はどこに消えてしまったのだろう。その後も考え続けている。養老孟司さんは著書『バカの壁』で、脳は安易にわかったと思い込むため、自主的に情報を遮断して思考停止すると指摘している。私が聞いたと思っていた友人の悩みもそうだったのかもしれない。私の脳は友人の悩みをわかったつもりになり、友人が実際に訴えていたことを遮断し、聞くのを停止したのだ。つまり「もしもしー」のその先は、そもそも私の脳内に留まることはなかったのだ。

どんなに訴えても自分の気持ちをわかってもらえない、そんな友人の悲しみはいかばかりだったろうと思う。せめてこれからはもっと丁寧に人の話を聞きたい。その思いが、いま私が研究するオーラルヒストリーにつながっている。時間をかけて、話し手の気持ちに寄り添い、話し手の想いを言語化し、記録する学問だ。聞き取りの最中、一番大切にしているのは「わかった」と思わないこと。自分は相手の話を「わかっていない」と自分の認識を否定し続け、脳が思考停止しないよう努力しながら聞いている。例えるなら、世界のことをまだ全く知らない赤ちゃんのように、何事も新鮮に聞くよう努めるのだ。ちょっとした意識の違いなのだが、この聞き方を始めてから聞こえてくる世界がガラッと変わった。既知と思われた話にも新しい発見や驚きが満ちているのだった。
そんなことあるのかな、と思われるかもしれない。親のブツブツ、子供のイヤイヤ、友人のペチャクチャ。その中に、聞き逃してしまっている大切な想いはないだろうか。ステイホームが呼びかけられるいま、いつもより時間をかけて、身近な人の伝えようとしていることに耳を傾けてみてほしいと心から思う。これまで聞こえていなかった世界をきっと実感できるはずだ。何より、相手の大切な想いに、後になって気付いても遅いかもしれないのだから。

（2020年5月）

時間とわたしと、時々小雨

サヘル・ローズ

小雨がポツポツ、いつの間にか紫陽花の季節。「はやい」。今年の口癖はこれで決まりみたいだ。

2020年に感じている時間の流れは今までとは全く異なる。とっても濃厚で深煎りの香りが、心に浸透していく。きっと多くの事をこの数カ月で感じたからだ。「なにか」が新型コロナウイルスの感染拡大によって明確に自分の中で産声をあげた。

様々な事ができなくなった2カ月。奪われた2カ月、見えないウイルスとの闘い、仕事ができない事や、母や友人たちの健康に対する不安。「コロナ」と聞くだけでストレスを感じ始め、SNSやニュースを見るのが怖く、心身ともに疲れてしまった。そんな私の心を支えたのは母の言葉だった。

「今、苦しくて、怖くて、不安と隣り合わせなのはアナタだけではない。世界中が同じ状況に置かれていて、苦しみは同じよ。それでも、アナタには家や水などがあり、生活ができている。守られているのよ、アナタは。でも、こういう時に取り残されていくのは、生活が苦しい人々や立場の弱い人々。このウイルスによって、今まで以上に人と人には距離ができてしまう。みんな『怖い』んだよ。でも、アナタは離れないで。体の距離ができてしまっても、今まで以上に心を人々に近づけていきなさい」

母は強し、本当にそうだ。

イランで生まれた私は4歳で孤児となり、7歳の時に新しい母と出会い家族となった。彼女は全身全霊で私を育ててくれた。私たち親子は、血はつながっていなくとも、心のつながりは計り知れない。

昔から母は私のヒーローであり、偉大すぎて頭が上がらない人でもある。母の言葉のお陰でエンジンが全開になった。今まで「時間がないから」といってやってこなかったいろんな事に挑戦した。母と2人で育てている庭のバラの手入れを毎日した。記事を書いたり、映像を撮って自分で配信してみたりもした。

それはすべて、不安と闘っている人々に笑顔やエネルギーを届けたい一心で始めたことだったが、私自身の活力にもなっていった。あっという間に時間が流れていった分、今までになかった濃密な経験と記憶が新しい私を生んだ。人はどんな状況でも生きる術を得られるのかもしれない。いや、違う。この世界では今、住む家もなく医療にかかれない人がたくさんいる。私たちは自分が置かれている「なんとかなる」日常に甘えてはいけない。

コロナが教えてくれたのは「共存」する事と、「共感」し合いながら生きる意味。そう、それまで見えなかった「なにか」とは、互いを見る「助け合う視線」という思いやり。共存は一人ではできないから。失ったものもあるが、得たものも確実にある。と同時に学べたのは、時間に流されるのか、時間の波に乗るのかで、結果は大きく違ってくるという事だ。

あっ、また小雨がポツポツ。紫陽花が舞踏会へ行く時間。


（2020年9月）

「妻をめとらば」

仲野 徹

大阪大学医学部で長い間病理学を教えていた。毎回、講義の最後に自由記述のレポートを書かせて、次回にそのいくつかにコメントするのがルーチンだった。私にとって楽しみなだけでなく、学生たちにもかなり好評であった。

毎年必ず、恋愛や結婚についての相談があった。恋愛を一度もしたことがないのでどうしたらいいでしょうかという情けない子から、今の交際相手と結婚していいかどうか悩んでいるという真剣な子まで幅広い。

そういった相談にはとりあえず、恋愛と結婚は連続的であるように見えるけれども厳然とした違いがある、と答えることにしていた。同時に必ず、恋愛は一点豪華主義で成り立つけれども、結婚は総合種目である、という持論を展開する。

まず、恋愛。同棲でもしていたら別だけれど、普通の付き合いなら、会う時間はおのずと限られている。だから、気に入ったところだけを見つめていることができる。かわいいとか、気が利くとか、笑顔が素敵とか、話が面白いとか。すごくいいところ、好きなところがひとつでもあれば、他は目をつぶっていても問題はない。

しかし、結婚は違う。いっしょに過ごす時間も長いし、なんといっても長丁場だ。たとえ、なにかしらすごくいいところがあっても、これは我慢できないというところがひとつでもあったら破綻しかねない。

植物の生育における「リービッヒの最小律」をご存じだろうか。植物の成長や収量は、必要な栄養素のうち、利用できる量の最も少ないものによって規定される、という法則である。これを説明するためによく使われるのが、いろいろな長さの板で作られた「ドベネックの桶」と呼ばれる桶だ。そこへ水をいれると、貯まる量はいちばん短い板の長さで決まってしまう、という考えを視覚化したものだ。

それと同じことではないか。見た目がいい、性格がいい、料理ができる、などなど。結婚生活には実にたくさんの桶板があって、それぞれの板には幅の違い＝重要度の違いがある。しかし、たとえ幅が狭くとも、丈が短ければそこから水があふれてしまう。そして、貯められる水の量がある程度以下になったらアウト。

なかなか含蓄のある喩えではあるまいか。そして必ず付け加える。しかし、それを何とかする手立てがあるにはある。身も蓋もないけれど、お金だ。たとえお金があっても桶板を長くすることはできないが、水が漏れ出さないようにする程度の補強は可能ではないか。

半分冗談だが、半分は本気で言っている。学生からは賛否両論。そんなのは世知辛すぎるという意見が出る。さすが、若者は何もわかっていない。女子医学生からのコメントが面白い。将来は医師になって稼ぐのだから結婚生活に希望が湧いてきた、というのがあれば、そんな話をされると、たとえ結婚できたとしても、相手は私の収入が目当てかと思ってしまうじゃないですか、というのもある。

というような話は、医師である妻には死ぬまで内緒にしておきとうございますので、そこのところはよろしくお願いいたします。

(2020年9月)

ラストチャンス

加瀬健太郎

長男が、ただいまも言わずにドカドカと大急ぎで小学校から帰って来た。兄の帰宅に気付いた三男は、大喜びで玄関に走る。

「けんと君、どいて、お願いどいて」

長男は叫びながらズボンを下ろし、内股でトイレに急ぐ。

そんな兄の危機的状況を知る由もない三男は、大好きな兄に力一杯抱きついた。「あー」という悲鳴がため息に変わる。

廊下に落ちた大きなうんち。

あるはずのないものがそこにある。

「僕は間に合ってたんだから片付けないよ、けんとが片付けなよ」と、長男はトイレから大声で叫ぶ。言い分は分からなくもないが、三歳の子にこの現場を任せるなんて、恐ろしくてできない。

「何言ってんの、あんたのなんだから自分で片付けなさい」と妻はトイレの中の長男に叫ぶ。「自分のケツは自分で拭け」という事か。妻は、うんちの上に小さいビニール袋をかけて「これでよし」みたいな雰囲気を出したが、いったい何がよしなのか全然分からない。

もう我慢できない。これ以上、ここにうんちを置いておくぐらいなら、僕が今片付けてしまおう。小さいスチール製のチリトリを持って現場に急行する僕を制した妻は、「チリトリが汚れるから私がする」と言い、小型犬を飼っていたことがあるからか、器用にうんちを処理してくれた。ありがとう。正直どうすればいいか分からなかった。

まだ興奮冷めやらぬ中、次男が「ただいま」と言って、やはり大急ぎで必死こいて帰って来た。どうやらこちらもトイレを目指している様子。

次男がトイレのドアを開けると、「入ってるよー」と長男は意地悪く笑った。半泣きになった次男に「早く二階のトイレに行きなさい」と妻。しかし、次男は怖がりで、まだひとりで二階に行けない。しょうがないので僕が付いていく。こちらはどうにか間に合ったが、なぜかお尻を拭いた際に手のひらから肘のあたりまでべっとりうんちをつけていた。器用なことをするもんだ。

次男の手を水道で洗っていると、長男がお尻にシャワーを当ててくれとやって来た。自分で洗うように言う僕に、「（お尻を洗える）最後のチャンスかもしれないよ」と長男。

これが最後であることを願って、突き出したお尻にシャワーを当ててやる。跳ね返ってくる水しぶきが怖い。

「ねえパパ、カルピスソーダの作り方ってね、簡単だよ。カルピスのタレに、炭酸水混ぜたらいいだけなんだよ」。長男はきれいになったお尻をタオルで拭きながら言った。

僕は、作り方よりも「タレ」の方が気になった。そしてこんなチャンスなら、やっぱりもう一度ぐらいはあってもいいなと思った。

（2020年9月）

挨拶のゆくえ

山崎ナオコーラ

挨拶は、した方がいいに決まっている。敵意がないことを伝え、場を和ませる。人間関係を円滑にするコツだ。そう、それはあくまでコツにすぎず、人間の評価軸ではないはずだ。だが、「挨拶ができる子は良い子」「挨拶ができない子は悪い子」という空気が、育児界隈には広がっている。今、私は四歳児と〇歳児の育児中だ。どうも、未就学児は挨拶ですべてを判断される気がする。子連れで出かけ、友人や近所の人と会ったとき、「お願いだから挨拶してくれー」と心の中で強く願ってしまう。私のそのプレッシャーを受けるせいか、子どもは上手く挨拶の言葉を口から出せないことも多い。

私自身も挨拶が不得意だ。それなのに、子どもには「挨拶しよう」としつこく練習させてしまう。おはよう、こんにちは、さようなら、ありがとう、ごめんなさい。これらがすんなり言えたらどんなに生きやすくなるだろう。外出自粛期間中、人に会わないから挨拶がもっと下手になるかもしれないと焦り、「テレビを見る前には挨拶の練習をしようね」と、無駄に挨拶を唱えさせていた。でも、練習させながら、私の心には靄《もや》が広がった。

現代はコミュニケーションの時代だ。コミュニケーション能力で人間が判断される。昔、私の子どもの頃は学力偏重があって、あれはもっと良くなかった。ただ、挨拶がまったくできない子どもだった私が、親や先生からあまり心配されなかった理由は、勉強がわりとできる方だったからかもしれない。今、私の家にいる四歳児は、のびのび系の幼稚園に通い、親と先生との間に連絡帳がなく、「本人が喋ること」に重きが置かれた世界で教育を受けている。小学校に上がっても、私の時代とは違う、コミュニケーション重視の世界が待っている。学力偏重よりはマシだとしても、コミュニケーション能力偏重だってつらいのではないか。

コミュニケーションは大事だ。練習はできる限りした方がいいだろう。けれども、挨拶より他に得意なことがある子だっている。いくら練習しても、もとから挨拶が得意な子には敵わない。外向型人間だけが生きやすい社会でいいのか。私はむしろ、内向型の子どもも生きやすい社会の実現に向けて尽力すべきだと思う。

子どもは、緊張で笑えないまま、小さな声で、一所懸命に自分の言葉を喋ることもある。「こんにちは」ではなく、「青いクマだよ」と手に持っているヌイグルミを突然見せたり、「そこでアリさんがケンカしていたんだよ」と急に雑談を始めたりする。だが、これは挨拶にカウントされない。「定型文」を「笑顔」で「大きな声」で言わなければならないのだ。でも、夏目漱石の小説で、簡単な雑談を交わすことを「挨拶」と表現しているのを読んだことがある。「挨拶」という言葉をもっと広義で捉えてもいいのではないか。

そうだ。多様な個性と能力を持つ子どもたちが、自由な挨拶を交わしながらみんなで生きていける社会を、いつか作りたい。

（2020年9月）

バースデイ

イッセー尾形

七月十一日。なんか心にひっかかる日だなあ、と考えていたら思い出した。母親の誕生日だ。本人はすでに他界して何年にもなるが、ずっと忘れていたのに、ひょっこりと今年になって思い出した。墓参りはちょっとご無沙汰なので催促しているのかもしれない。

結構長生きしたほうだと思うけど、最期はすい臓癌だった。

「痛い痛い」と訴えては注射を打ってもらい、それが効くと眠りに入っていく。そしてしまいには意識が混濁した。臨終には立ち会えなかったけど、本当に、息を引き取るという表現のまま亡くなったと教えてもらった。「ふう」と。

最初に見舞いに行った頃は車椅子に乗って院内を散歩したり、喫茶室で遠くの山を眺めながら昔話に花を咲かせたり、また戻ってベッドに腰かけたりしたけど、だんだんとベッドから離れられなくなり、ずっと横になり、ついにはベッドの柵を細くなった指で、痛さを耐えるようにしっかりと摑むだけになってしまった。そのなけなしの握力だけが生きてる証のような気がしたものだ。

その母親の昔話で。

新潟の女学校時代はバレーボール漬けの日々。真っ黒に日に焼けて、大きな木の陰に置いてあるヤカンの水をゴクゴクと飲んだそうだ。ヤカンをラッパ飲みしているブルマ姿の若き母親を想像することは難しい。いっそ仁王立ちか？

子供の頃、一回だけかなり痛いビンタを食らったことがある。若い頃に毎日サーブしたりスパイクしたりした鋼鉄の手の平だ。見舞いに行ったある日思いついて、生まれて初めて母親と手を合わせてみたら、僕よりも大きくてビックリ！　これじゃあ痛かったのも当たり前だ。恐らくスナップも利かせたんだろうし。

小樽の坂道でのエピソードには憲兵が出てきて、肝心なところはもう忘れてしまったけど、不安でドキドキしながら坂道を上ったか下ったかのところだけは覚えてる。ペットボトルのお茶を笑いながら飲んでいる母親が、遠い昔に、遠い小樽の坂道で、青い顔させながら心臓バクバクだったんだ。

やはりドキドキしたことと言えば、福岡の社宅横にある川が増水して長男が落ちたんじゃないかと、そんなことはなかったんだけど、必死で走って捜したことも、まるで昨日のことのように興奮しながら話してくれた。

その社宅には台所と居間の間に段差があったらしい。「段になってたのよお」。その言い方に何か深い意味があるのかと思ってしまうが、ただただ段になってただけのことらしい。こういうのも長く印象に残っているんだなと、感心してしまう。

大きな窓の向こう、神奈川県の山を眺めながら耳を傾けた母親の記憶。リアルに迫るほどの実感は無いけれど、その話に包まれる実感は、もう一つのリアルだと確かに言える。

（2020年11月）

また来る日

安東量子

「量子ちゃん、次、いつ来るん?」

子供の頃の長期休暇は、いつもその言葉から始まった。祖父母の家の玄関先、笑顔で迎える祖母の斜め後ろに立つしんちゃんは、伏せた眼差しを一瞬だけこちらに向けると、祖母の袖下をくいくいと引っ張って、ボソッと言うのだった。しんちゃんをなだめるように、祖母が返す。

「いま、来たところじゃ。ゆっくりせられえ」

祖父母の家での日々は、いつも時間を持て余していた。宿題は片付けてしまった。近くには図書館どころか本屋も、店も、遊びに行く場所も何もない。あるのは田んぼと田舎道と、それから祖父母の名字と同じ名前の川。退屈な昼間をやり過ごした日暮れ時、祖母としんちゃんと連れ立って散歩に出かける。しんちゃんは、祖母が営む小さな縫製工場の糸巻きの芯をメガホン代わりにして何かを「演説」しながら歩いている。言葉が不明瞭で、よく聞き取れないが、ある時気が付いた。「広島から量子ちゃん達が遊びに来ました……」。私のことを「演説」していたのだ。他は聞き取れないが、きっと日々の出来事を村の人達にお知らせしているのだろう。しんちゃんとは、おおよそ会話というものをしたことがない。夕飯を終えた居間で、祖母が昔話をする。しんちゃんが子供の頃、隣の本家の曽祖父がとても可愛がってくれたこと。一番風呂の曽祖父は、いつも一緒に風呂に入れてくれた。なぁ、しんちゃん、あの時、おじいさんなんて言うたかなぁ。祖母が誘うように尋ねる。「しんやしんん、言うた」ボソボソとしんちゃんが答える。「おお、そうじゃ、しんやしん、言われとったな」「おじいさんは、この子が学校上がるまでわしは生きとりたくないわ、言われて、ほんまに学校上がる頃に死なれたわ。学校で、この子がいじめられるのを見とうなかったんじゃろうな」

時間が経った。祖父が亡くなり、祖母が亡くなり、母が亡くなった。母の兄であるしんちゃんは、かつて住んでいた自宅のすぐ近くにできたグループホームに入っていた。十数年ぶりに帰省の折に立ち寄った時のことだ。昔と同じ田んぼと同じ川、同じ景色を眺めながら、清潔なグループホームの一室に入る。しんちゃんがいる。少し年を取っているように見える。しんちゃんは私を見て言った。

「量子ちゃん、次、いつ来るん?」私は虚を突かれた。あの頃と同じ時間が束の間、流れた。

「また来るね、また来るよ」ようやく、そう繰り返した。

しんちゃんの容態が急変したと連絡があったのはその年の暮れだった。胸が苦しいと訴え、救急車で運ばれたが、そのまま亡くなってしまった。また来るね。果たせなかった約束をいまも時折思い出して呟く。また来るね。また来るよ、きっと。


(2021年1月)

母が教えてくれたこと

大竹しのぶ

朝、リビングに下りていくと、母がいた。母の体格からするとやや大きな食卓を、せっせせっせと拭いている。

「あっ、お母さん、おはよう、もう起きてたの？」なんだか元気で若返っている母がいる。

「そうよ、こうして今日も頑張りますよ」そう言わんばかりの、ピシッとしたその立ち振る舞いにびくっとして、目が覚めた。これが私の初夢。

今年のお正月は、８日に幕が開く舞台の稽古と重なった。大晦日まで稽古をして、３日から劇場入り。それだけでも落ち着かないのに、新型コロナ感染者数の増加に伴い緊急事態宣言が発令されれば、幕が開かないかもしれないという不安定な気持ちで元日の朝を迎えた。私は、少しボーッとしながら出汁を取り、お雑煮の野菜を刻む。簡単なお節と祝箸を並べ、まだ起きてこない子供たちを待つ。そう、母がそうしてくれていたように。元気だったなあ、お母さん。

ああやっていつも動いていたっけ。

　どんな状況にも動じず、立ち向かっていった強い母だった。歳を取っても自分の考えを持ち、新聞を読んでは政府への怒りを口にし、悲惨な事件が起これば嘆き、自分の今の状況に感謝をし、生きてきた人生に誇りを持っていた。身体が動かなくなってきても最後の最後まで、自力でトイレに行く努力をして、尊厳というものを教えてくれた。少し不安定になっていた私に活を入れにきてくれたのだろうか。今、この時に演劇は必要か否か？　と悩んでいる私に。母のように現実を見極め、何ができるかを考えよう。私は、こんな時だからこそ芝居をしているつもりはない。必死に感染対策をしながら、お客様を待っているレストランと同じだ。いい芝居を届ける。つまりそれが私の糧であり、喜びの一つなのである。

　そして、予定より2日遅れて初日を迎える。スタッフが、椅子や階段の手すり、一つひとつを丁寧に消毒する姿を見て胸が一杯になる。幕が上がる。この状況下、来て下さったお客様の前で、ギリシャ悲劇をモチーフにした約350年前の戯曲の言葉を私達はぶつけ合う。人間のすべての感情、愛、憎しみ、嫉妬、怒り、悲しみを、正直に、神とさえ対話しながら、叫び続ける。すごい集中力で演じ続ける役者とそれを前のめりで見つめる観客が一体となり、とてつもないエネルギーが劇場を包み込む。これが演劇だ。これこそが演劇なのだ。最後の台詞が終わる。暗転。カーテンコールに立つ私達に、一瞬の静寂。そしてその途端、全員が立ち上がっての割れんばかりの拍手に、ただただありがとうと心の中で叫ぶ。大袈裟だが、そこにいるすべての人が今、生きている事を実感する瞬間だった。

これからも一日一日、できる事をしていくだけだ。そうでなければ道は開けないのだから。やっていこう、知恵を絞り、助け合いながら。与えられた困難を受け入れながら。果敢に生きてきた母の精神を受け継いでいるのだから大丈夫。負けるものか。明日も舞台に立てる事を信じて。

（２０２１年３月）

サウダージ２０２１

曽我部恵一

父が倒れ、子供たちを連れて帰省した。東名高速を走りながら、あたまの中でいろんなことがまとまらない。過ぎゆく山々は夏を間近に迎え、濃い緑をたたえている。集中できぬまま運転をしていると後方からパトカーが来て、スピード違反の切符を切られた。「父が危篤で」と言うと、「そんな時にすみませんね」と警官に同情された。実家に着くと夜だった。一時帰宅した父はリビングに寝かされていた。弟がずっと側にいた。意識はなかった。子供たちが手を握り「じいじー」と呼びかけると、反応した。目は開いていたが、ずいぶん前に目を患い、もう長い間ほとんど見えていないのだ。

深夜に父は再び救急車で病院へ運ばれた。簡易ベッドを並べ、ぼくと母は病院の仮眠室で休んだ。明け方ふと目を覚ますと、仮眠室にだれかのいる気配がする。姿は見えないが、息遣いが聴こえる。規律正しく呼吸を整えているかと思えば、深く嘆くようにため息を漏らす。その音には、怒りや悲しみや後悔のようなものが混ざっている。不気味だと思った。入り口から少し離れたところにぼくのベッド、さらに奥に母のベッドがある。ぼくは母の方を見た。ぼんやりと母の寝姿が浮かんでいた。母の肩の小さな動きはぼくの聴いている音と同期していて、そこでようやく息遣いが母のものだとわかった。寒そうに見え、ぼくは自分の布団を母に掛けた。

翌日、父はホスピスの階に移った。ホスピスのある七階の廊下の突き当たりは、町の山間を望める大きなはめ殺し窓になっていて、低い山の中腹にぼくが四年生まで通った小学校が見える。山の空気は気持ちよく、のんびりほのぼのとした時間があり、そのころの思い出はとてもいいものだ。しかし五年生のときに転校した町の小学校はゴミゴミしていて、生徒の気性も荒く、そのへんからぼくは学校が好きではなくなった。小学校を嫌いになるのと同時に、実家や家族、地元の全部がいやになった。上京し、関係のない都会で自分だけの人生を始めたいと願い、結局ぼくはそのように生きてきた。今、故郷を疎ましく思う気持ちはなくなったが、帰郷するとそこには日々を忌々しく思う少年の姿があり、ぼくは彼との距離を縮めることができない。

病室に長女が来た。涙して父の手を握る彼女を見て、泣いた。肉親以外の面会は手短にと言われている。ぼくは長女に「そろそろ行こうか」と声をかけた。長女はうなずいて、最後に

「じいじ、ハルだよお」と父の耳元で言った。外まで送ろうとしたが、「大丈夫」と言って、ひとりでエレベーターに乗って帰っていった。母が「お父さん、ハルの顔は覚えてるかもしれんなあ。目が見えなくなる前にハル生まれたから」と言った。そのとき弟が、「あ、ハルや」とつぶやいた。病室の、小さな町全体を見下ろせそうな大きな窓から、病院の前の道をわたる、レモン色のサマーセーターを着た長女の姿が見えた。

（2021年7月）

いっしょに消えてゆく

津野海太郎

今年の三月三日、九十三歳でなくなった小沢信男さんが、二〇一六年にでた『俳句世がたり』という岩波新書で、私の旧著『百歳までの読書術』(本の雑誌社)から、こんな一節を引いてくれた。

「人はひとりで死ぬのではない。おなじ時代をいっしょに生きた友だちとともに、ひとかたまりになって、順々に、サッサと消えてゆくのだ。現に私たちはそうだし、みなさんもかならずそうなる。友だちは大切にしなければ」

二〇一四年の正月、お茶の水の山の上ホテルのバーで、古くからの友人で俳優の斎藤晴彦と久しぶりに会って長話をした。

そのうち話が、岸田森や草野大悟、劇作家の山元清多たち、すでに没した往年の劇団仲間のことになり、そのせいもあってか、別れ際に「せっかく生きてるんだから、ときどき会って話しましょうよ」と、斎藤さんがいった。

その斎藤さんがわずか半年後、同年六月に吉祥寺のマンションをでてすぐの路上で倒れ、たちまち向こう側に行ってしまったのだ。享年七十三。心不全だった。

——おいおい、あれからまだ一度も会ってないじゃないの。早すぎるよ、ハルさん。

そう思って書いたのが、じつは、この「友だちは大切にしなければ」という文章だったのです。そしてそれを読んだ小沢さんが、『俳句世がたり』で、こんなふうに書いてくれた。

「うーん、いかにもなぁ。七十代の津野氏は右の状況の、たぶん戸口にいらっしゃるが。八十代のわが身にはほぼ出口の眺めです」

もちろん、うれしく読ませてもらいましたが、

——いや待てよ。『百歳までの読書術』の刊行時、たしかに私は七十代だったけど、すでに七十七歳。れっきとした喜寿なのに「戸口」はないんじゃないの。

一瞬、そうとまどい、ああ、そうか、と思い当たった。

またしても話がさかのぼるが、さらにその七年まえ、私が七十歳になったとき、小沢さんたち先輩老人が千駄木の料理屋で新老人歓迎会をやってくれた。そのとき、「そっちは老人の入口だが、こっちはもう出口だよ」と小沢さんが笑っていった。

――ははあ、あのときの印象が、七年たっても、老いた小沢さんの脳みそに、そのままこびりついていたのだな。

その小沢さんも、冒頭にしるしたごとく、この三月、持病の肺の病いでなくなった。コロナ下の死で、お通夜や葬儀はなかった。そして小沢さん逝去の三週間後には、遠い高松の地で、私と六十年間、ともに生きてきた装丁家の平野甲賀も――。

いやはや、みなさん、もののみごとにひとかたまりになって、サッサと消えていったね。おかげで私にも「出口」がしっかり見えてきたよ。そう、やっぱり友だちは大切にしなければね。

（2021年7月）

さよなら猫たち

島田潤一郎

ひとり暮らしをしていた義父が長期の入院をすることになり、義父と仲良く生活していた二匹の兄弟猫が急きょ我が家にやってくることになった。幼い子どもたちははしゃぎ、その二匹を拾ってきた当人である妻も猫たちとの再びの生活をよろこんでいるようだった。ぼくもうれしかった。猫との暮らしは小学生のころからの夢だったので。

はじめての日、二匹はマンションの靴箱に入ったきり、出てこなかった。四歳の息子と二歳の娘がしきりに靴箱の扉を開け、「クロちゃん、シロちゃん、出ておいで」といった。十三年生活した一軒家から突然狭いマンションの一室に放り込まれたわけだから、猫たちが警戒するのも当然のことだった。廊下に彼らのあたらしいトイレを用意し、台所に水とエサをおいて、部屋中の電気を消した。翌朝起床すると、エサと水は減っていて、トイレの砂は湿っていた。

それからものの三日で、二匹の猫はそれぞれに落ち着く場所を見つけた。クロは本棚の上。

シロはカウンターキッチンの端。娘はしょっちゅう猫たちを追いまわし、彼らを抱えた。クロとシロは抵抗するでもなく、娘の胸の前で身体を伸ばしきって、おとなしくしていた。

夜になると、クロとシロはやっとリラックスできるようだった。隣室から子どもたちのいびきが聞こえているなか、お互いに舐め合ったり、妻の膝の上で毛づくろいをしたりしていた。

猫との生活は思いのほか、手間がかかり、お金がかかった。最初の健診で二匹が甲状腺機能亢進症と診断されると、財布のなかからあっという間に一万円、二万円が消えていった。

体調によって食べられるものが異なり、猫たちに見向きもされなくなったエサは捨てるほかなかった。毎日のように宅配業者が缶詰をもってきて、猫砂をもってきた。

病気がすすむと、猫たちは水を吐くようになった。朝起きると、部屋に敷き詰められているパズルマットには水がこぼれていて、妻がそれを雑巾で拭いた。

汚れたパズルマットは風呂場でぼくが洗った。エサを用意するのも、トイレを掃除するのも、薬を飲ませるのも、全部妻がやっていたので、ぼくの仕事はパズルマットの掃除だけだった。

二匹が我が家にやってきて一年四カ月後に、クロが亡くなった。さらにその二カ月後にシロも亡くなった。近所のペット用の斎場に出向き、二匹とも火葬してもらった。

かなしいというよりも、狐につままれているような気持ちだった。

ぼくはほんとうに、二匹の猫と生活をしていたのだろうか？
でもあれから、ぼくはこんなふうに思うようにもなった。もし天国というものが存在するのだとしたら、それはクロとシロが病気もせずに、いつまでもじゃれ合っているような世界なのではないかと。

（２０２１年９月）

ホームシックとハガキ

俵 万智

今「角川武蔵野ミュージアム」で、俵万智展が開催されている。準備段階で「展示できるような手紙類はありますか?」と尋ねられた。人生で二度、ほぼ毎日ハガキを書いていた時期がある。一度目は、大学生になって初めて一人暮らしをした四年間。ひどいホームシックだった。福井の家族に宛てて、とりつかれたようにハガキを書いていた。あれは、突然ゼロになってしまった家族との会話の代わりだったのだと今では思う。母が年別にとっておいてくれたので、久しぶりに読んでみると、こんな一節があった。

「なんでもないことしながらなんでもないことを、しゃべりたいです。あついなと思っても、『あついねー』という人がいません」

こういった感覚が、後に短歌という形式に出会って、実を結んだのかなとも思う。

なんでもない会話なんでもない笑顔なんでもないからふるさとが好き
「寒いね」と話しかければ「寒いね」と答える人のいるあたたかさ
（歌集『サラダ記念日』より）

次なる毎日のハガキは、今も続いているのだが、寮生活をする息子に宛ててである。これも、きっかけはホームシックだった。

彼が通うのは、中高一貫で全寮制、というユニークな学校だ。本人が、どうしても行きたいというので、親としては青天の霹靂だったが、その意志を尊重した。とはいえ、ほんの一カ月前まで小学生だった子どもが、いきなり親元を離れるのだ。程度の差はあれ、みなホームシックになるらしい。息子は、重症なほうだった。

日に四度電話をかけてくる日あり息子の声を嗅ぐように聴く
「毎日」と人は言うなり一日にたった一枚のハガキ書きおり
（歌集『未来のサイズ』より）

息子へのハガキは、日常会話の代わりであると同時に、「母は常におまえを思っているよ」というシグナルでもあった。思い悩む息子は、寮の先生に相談していたらしい。その先生から、ある時こんなことを聞いた。

「先輩たちも、みんな立ち直って馴染んでいるから大丈夫！ と励ましたのですが、息子さんは面白いことを言う。この悲しい気持ちを忘れたくないと。平気になる自分のほうがイヤだと」

学生時代の自分も、実は似たようなことを書いていた。

「この寂しさはマイナスの感情じゃない。会えなくて寂しいと思える、そういう家族がいるのは、プラスのことです」

時を経て、息子が同じような思いを抱くことになるとは。悲しい、寂しい、悔しい……一見マイナスの感情も、そうでないことを求める強い気持ちがあってこそ。それは、何も感じなかったり、別にどうってことないと思ったりするより、ずっと豊かなことかもしれない。展示用のハガキを選びながら、そんなことを思った。

（2021年9月）

随筆集『あなたの暮らしを教えてください』は、左記に掲載した「随筆」のなかから、テーマごとに編成し、全4冊のシリーズとしたものです。

『暮しの手帖』第4世紀26号（2007年1月）〜
第5世紀14号（2021年9月）

別冊『暮しの手帖の評判料理 冬の保存版』（2010年10月）
『暮しの手帖の評判料理 春夏の保存版』（2011年4月）
『自家製レシピ 秋冬編』（2012年10月）
『自家製レシピ 春夏編』（2013年4月）
『暮しの手帖の傑作レシピ 2020保存版』（2019年12月）

第1集となる本書では、「家族、友人、恩師」にまつわる作品を選び、収録しました。
各文末の（）内の年月は、掲載誌の発行時期です。内容は総じて掲載当時のままですが、著者の希望により、一部加筆・修正を行いました。

著者紹介

三崎亜記（みさき・あき）

1970年福岡県生まれ。作家。『となり町戦争』で小説すばる新人賞を受賞し、デビュー。同作は三島由紀夫賞、直木賞の候補となる。著書『バスジャック』『失われた町』『鼓笛隊の襲来』『廃墟建築士』『刻まれない明日』『コロヨシ!!』シリーズ『海に沈んだ町』『手のひらの幻獣』『チェーン・ピープル』など。

松家仁之（まついえ・まさし）

1958年東京都生まれ。小説家。新潮社で98年海外文学シリーズ「新潮クレスト・ブックス」創刊。2002年、季刊総合誌『考える人』を創刊。10年退職。12年に発表した長篇小説『火山のふもとで』で翌年読売文学賞、18年『光の犬』で芸術選奨文部科学大臣賞、河合隼雄物語賞を受賞。その他の小説作品に『沈むフランシス』『泡』など。

木内 昇（きうち・のぼり）

1967年東京都生まれ。作家。編集者、ライターを経て、2004年に『新選組幕末の青嵐』でデビュー。08年刊行の『茗荷谷の猫』が話題となり、翌年早稲田大学坪内逍遙大賞奨励賞を受賞。11年『漂砂のうたう』で直木賞、14年『櫛挽道守』で中央公論文芸賞、柴田錬三郎賞、親鸞賞を受賞。著書『万波を翔る』『占』『剛心』他多数。

蜂飼 耳（はちかい・みみ）

1974年神奈川県生まれ。詩人、作家、立教大学教授。2000年詩集『いまにもうるおっていく陣地』で中原中也賞、06年詩集『食うものは食われる夜』で芸術選奨新人賞、12年絵本『うきわねこ』で産経児童出版文化賞ニッポン放送賞、16年詩集『顔をあらう水』で鮎川信夫賞を受賞。文集に『孔雀の羽の目がみてる』『空席日誌』などがある。

駒沢敏器（こまざわ・としき）

1961年東京都生まれ。作家、翻訳家。アメリカ留学から帰国後、アメリカ文化や自然環境をテーマとする紀行文学的な作品を発表。主な著書『伝説のハワイ』『ミシシッピは月まで狂っている』『語るに足る、ささやかな人生 ～アメリカの小さな町で』『ボイジャーに伝えて』など。2012年逝去。

山根基世（やまね・もとよ）

１９４８年山口県生まれ。元ＮＨＫアナウンス室長。71年ＮＨＫにアナウンサーとして入局。２００５年女性として初のアナウンス室長。07年ＮＨＫ定年退職後、地域作りと言葉教育を組み合わせた独自の活動を続けている。著書『感じる漢字　心が解き放たれる言葉』『ことばで「私」を育てる』他多数。

三浦しをん（みうら・しをん）

１９７６年東京都生まれ。作家。２０００年『格闘する者に◯《まる》』でデビュー。06年『まほろ駅前多田便利軒』で直木賞、12年『舟を編む』で本屋大賞、15年『あの家に暮らす四人の女』で織田作之助賞、18年刊行の『ののはな通信』で島清恋愛文学賞と河合隼雄物語賞、19年『愛なき世界』で日本植物学会賞特別賞を受賞。小説、エッセイ集など著書多数。

山田太一（やまだ・たいち）

１９３４年東京都生まれ。脚本家、作家。テレビドラマの脚本家として、77年『岸辺のアルバム』、83年『ふぞろいの林檎たち』、２０１２年『キルトの家』などの話題作を次々と発表。１９８８年小説『異人たちとの夏』で山本周五郎賞受賞。主な小説作品に『飛ぶ夢をしばらく見ない』『空也上人がいた』など。

水内喜久雄（みずうち・きくお）

１９５１年福岡県生まれ。作家、編集者。多くのアンソロジーや個人詩集の編著書がある。著書『うんこのたつじん』『けむし先生はなき虫か』など。編著書『詩は宇宙（全6巻）』『一編の詩があなたを強く抱きしめる時がある』『子どもといっしょに読みたいいのちをみつめる詩』『子どもといっしょに読みたい詩 令和版』など。

多和田葉子（たわだ・ようこ）

１９６０年東京都生まれ。日本語、ドイツ語で執筆する小説家。93年『犬婿入り』で芥川賞、２０００年『ヒナギクのお茶の場合』で泉鏡花文学賞、03年『容疑者の夜行列車』で伊藤整文学賞、谷崎潤一郎賞、09年早稲田大学坪内逍遙大賞受賞。ドイツ語で書いた作品群で１９９６年シャミッソー賞、２００５年ゲーテ・メダル受賞。受賞多数、著書多数。

高 史明（こ・さみょん／こう・しめい）

１９３２年山口県生まれ。作家。在日朝鮮人2世。さまざまな底辺労働を遍歴。71年『夜がときの歩みを暗くするとき』を刊行。75年『生きることの意味――ある少年のおいたち』で日本児童文学者協会賞を受章。75年に自死した息子の詩を集めた『ぼくは12歳――岡真史詩集』を妻・岡百合子とともに76年出版。93年仏教伝道文化賞受賞。著書多数。

佐々木美穂（ささき・みほ）

1966年福井県生まれ。セツ・モードセミナー卒業後、吉村眸さんのお店「Zakka」で3年余り人生の勉強。92年よりフリーランスのイラストレーター。雑誌や書籍、広告などで絵やコラージュなどを手掛ける他、定期的に展覧会を行っている。著書『そら色の窓』『チョコレートな夜』。

野崎　歓（のざき・かん）

1959年新潟県生まれ。フランス文学者。2001年『ジャン・ルノワール　越境する映画』でサントリー学芸賞、06年『赤ちゃん教育』で講談社エッセイ賞、11年『異邦の香り――ネルヴァル「東方紀行」論』で読売文学賞（研究・翻訳賞）、21年「フランス近現代文学の長年の訳業」により小西国際交流財団日仏翻訳文学賞特別賞など受賞多数。著書、翻訳書多数。

関川夏央（せきかわ・なつお）

1949年新潟県生まれ。ノンフィクション作家、小説家。日本近代文学への深い関心をもとに文筆活動を展開。85年『海峡を越えたホームラン――祖国という名の異文化』で講談社ノンフィクション賞、2000年『二葉亭四迷の明治四十一年』などで司馬遼太郎賞、03年『昭和が明るかった頃』で講談社エッセイ賞を受賞。著書多数。

戌井昭人（いぬい・あきと）

1971年東京都生まれ。俳優、劇作家、作家。97年、パフォーマンス集団「鉄割アルバトロスケット」を旗揚し、脚本を担当、出演。2009年『まずいスープ』で作家デビュー。14年「すっぽん心中」で川端康成文学賞、16年『のろい男　俳優・亀岡拓次』で野間文芸新人賞を受賞。著書『どろにやいと』『ぴんぞろ』など。

山根一眞（やまね・かずま）

1947年東京都生まれ。ジャーナリスト、ノンフィクション作家。情報の仕事術、先端科学技術、地球環境問題、生物多様性、災害・防災などの分野で取材・執筆活動を行う。著書『メタルカラー烈伝　鉄』『メタルカラー烈伝　温暖化クライシス』『賢者のデジタル』『小惑星探査機はやぶさの大冒険』『日本のもと　技術』など多数。

池澤夏樹（いけざわ・なつき）

1945年北海道生まれ。小説家・詩人。文学と科学の視点から執筆を続ける。87年の『スティル・ライフ』で中央公論新人賞、翌年芥川賞、93年『母なる自然のおっぱい』で読売文学賞、『マシアス・ギリの失脚』で谷崎潤一郎賞、94年『楽しい終末』で伊藤整文学賞、2000年『花を運ぶ妹』で毎日出版文化賞などを受賞。07年紫綬褒章受章。

森 絵都（もり・えと）

1968年東京都生まれ。作家。90年『リズム』で講談社児童文学新人賞、同作品で翌年の椋鳩十児童文学賞も受賞。95年『宇宙のみなしご』で野間児童文芸新人賞他、99年『カラフル』で産経児童出版文化賞、2003年『DIVE!!』で小学館児童出版文化賞、06年『風に舞いあがるビニールシート』で直木賞、17年『みかづき』で中央公論文芸賞などを受賞。

萩尾望都（はぎお・もと）

1949年福岡県生まれ。漫画家。72年『ポーの一族』の連載を開始、76年同作と『11人いる!』で小学館漫画賞、80年は『スター・レッド』、83年は『銀の三角』で星雲賞コミック部門、2006年『バルバラ異界』で日本SF大賞、22年米ウィル・アイズナー漫画業界賞「コミックの殿堂」など受賞多数。12年紫綬褒章、19年文化功労者、22年旭日中綬章受章。

萩原朔美（はぎわら・さくみ）

1946年東京都生まれ。映像作家、演出家。母は小説家でダンサーの萩原葉子、祖父は詩人の萩原朔太郎。67年演劇実験室天井桟敷の立ち上げに参加。役者としてデビュー後、同劇団の演出家へ。70年退団後は映像作品を製作。多摩美術大学名誉教授。著書『死んだら何を書いてもいいわ――母・萩原葉子との百八十六日』他多数。

長嶋 有（ながしま・ゆう）

1972年生まれ。小説家、俳人。2001年『サイドカーに犬』が文學界新人賞を受賞し、小説家デビュー。02年『猛スピードで母は』で芥川賞、07年『夕子ちゃんの近道』で大江健三郎賞、16年『三の隣は五号室』で谷崎潤一郎賞を受賞。著書『私に付け足されるもの』『ルーティーンズ』他、エッセイ『観なかった映画』など多数。

高橋源一郎（たかはし・げんいちろう）

1951年広島県生まれ。小説家、文学者、文芸評論家。81年『さようなら、ギャングたち』が群像新人長篇小説賞優秀作を受賞し、刊行される。88年『優雅で感傷的な日本野球』で三島由紀夫賞、2002年『日本文学盛衰史』で伊藤整文学賞、12年『さよならクリストファー・ロビン』で谷崎潤一郎賞を受賞。著書多数。

長島有里枝（ながしま・ゆりえ）

1973年東京都生まれ。写真家、文筆家。2000年に第26回木村伊兵衛写真賞、10年に短編集『背中の記憶』で講談社エッセイ賞、22年『「僕ら」の「女の子写真」から わたしたちのガーリーフォトへ』で日本写真協会賞学芸賞などを受賞。近著に『Self-portraits』『テント日記/「縫うこと、着ること、語ること。」日記』『こんな大人になりました』など。

元村有希子（もとむら・ゆきこ）

1966年福岡県生まれ。ジャーナリスト、科学コミュニケーター、毎日新聞論説委員。2006年、毎日新聞での連載『理系白書』で科学ジャーナリスト大賞を受賞。著書『気になる科学』『科学のミカタ』『カガク力を強くする！』など。毎日新聞『窓をあけて』、サンデー毎日『元村有希子の科学のトリセツ』を連載中。

姫野カオルコ（ひめの・かおるこ）

姫野嘉兵衛の別表記もあり。1958年滋賀県生まれ。小説家。90年出版社に持ち込んだ『ひと呼んでミツコ』で単行本デビュー。2014年『昭和の犬』で直木賞、19年『彼女は頭が悪いから』で柴田錬三郎賞を受賞。著書は他に『受難』『ツ、イ、ラ、ク』『終業式』『リアル・シンデレラ』『青春とは、』などがある。独異の文体で万人には好かれない作風。

赤坂真理（あかさか・まり）

東京都生まれ。小説家、パフォーマー。95年『起爆者』で小説家デビュー。2000年『ミューズ』で野間文芸新人賞、12年『東京プリズン』で毎日出版文化賞、司馬遼太郎賞、翌年紫式部文学賞受賞。大きな物語と個人的な感覚をつなぐ作風で、社会批評の作品も多い。文学を身体的に摑みとるパフォーマンス作品も手がける。著書多数。

片山 健（かたやま・けん）

1940年東京都生まれ。絵本作家。93年『タンゲくん』で講談社出版文化賞、96年『でんでんだいこ いのち』で小学館児童出版文化賞、97年『からだっていいな』で日本絵本賞、98年『きつねにょうぼう』で日本絵本賞大賞、2020年『なっちゃんのなつ』で産経児童出版文化賞美術賞受賞。他の作品に『おやすみなさい コッコさん』など、絵本多数。

大久保真紀（おおくぼ・まき）

1963年福岡県生まれ。朝日新聞編集委員。鹿児島総局デスクとして取材班を率いた志布志事件報道で、2007年度早稲田ジャーナリズム大賞、取材班キャップを務める「子どもへの性暴力」シリーズが20年度新聞労連ジャーナリズム大賞、21年度日本記者クラブ賞受賞。著書『中国残留日本人――「棄民」の経過と、帰国後の苦難』など。

山口未花子（やまぐち・みかこ）

1976年生まれ。北海道大学准教授。人類学の分野から「動物」について研究。主なフィールドはカナダのユーコン準州。先住民のカスカや内陸トリンギットの人々と動物との関わりについて狩猟や芸術、信仰などに焦点を当てながら調査を続けている。著書『ヘラジカの贈り物――北方狩猟民カスカと動物の自然誌』。

増田明美（ますだ・あけみ）

1964年千葉県生まれ。スポーツジャーナリスト、大阪芸術大学教授。元女子マラソン・陸上競技長距離走選手、84年ロサンゼルスオリンピック女子マラソン日本代表。92年に引退するまでに日本最高記録12回、世界最高記録2回更新。著書『カゼヲキル（全3巻）』『調べて、伝えて、近づいて――思いを届けるレッスン』など。

阿部和重（あべ・かずしげ）

1968年山形県生まれ。作家。94年『アメリカの夜』で群像新人文学賞を受賞し、デビュー。99年『無情の世界』で野間文芸新人賞、2004年『シンセミア』で伊藤整文学賞と毎日出版文化賞、05年『グランド・フィナーレ』で芥川賞、10年『ピストルズ』で谷崎潤一郎賞を受賞。著書『Ultimate Edition』『ブラック・チェンバー・ミュージック』他多数。

寺尾紗穂（てらお・さほ）

1981年東京都生まれ。ピアノ弾き語り、文筆家。2007年メジャーデビューアルバム『御身 onmi』が各方面で話題になる。映画主題歌、CMでも活躍。新聞、ウェブ、雑誌などで連載を持つ。著書『原発労働者』『南洋と私』『あのころのパラオをさがして――日本統治下の南洋を生きた人々』『彗星の孤独』『天使日記』他。アルバム近作は『余白のメロディ』。

川島小鳥（かわしま・ことり）

1980年東京都生まれ。写真家。2006年『BABY BABY』で新風舎・平間至写真賞大賞受賞、翌年写真集を出版。11年、友人の3歳の娘を被写体に撮影した『未来ちゃん』で講談社出版文化賞写真賞、15年、台湾で撮影した『明星』で木村伊兵衛写真賞受賞。写真集『violet diary』『おはようもしもしあいしてる』など。

あさのあつこ（あさの・あつこ）

1954年岡山県生まれ。作家。児童文学作家。ファンタジーから時代小説まで幅広いジャンルの物語を紡ぐ。97年『バッテリー』で野間児童文芸賞、99年『バッテリーⅡ』で日本児童文学者協会賞、2005年『バッテリーⅠ～Ⅵ』で小学館児童出版文化賞、11年『たまゆら』で島清恋愛文学賞を受賞。著書『弥勒の月』シリーズ、『末ながく、お幸せに』など多数。

片桐はいり（かたぎり・はいり）

1963年東京都生まれ。俳優。大学在学中に映画館のアルバイトと同時に俳優活動を開始。82年下北沢ザ・スズナリで初舞台。85年『ふぞろいの林檎たち2』でテレビドラマに、86年『コミック雑誌なんかいらない！』で映画にデビュー。著書『わたしのマトカ』『グアテマラの弟』。『もぎりよ今夜も有難う』は2009年キネマ旬報ベスト・テン「読者賞」受賞。

秋野暢子（あきの・ようこ）

１９５７年大阪府生まれ。女優。74年ＮＨＫ銀河テレビ小説『おおさか・三月《みつき》・三年《さんねん》』でデビュー。75年ＮＨＫ連続テレビ小説『おはようさん』のヒロインに抜擢される。86年映画『片翼だけの天使』でキネマ旬報主演女優賞受賞。舞台、バラエティなどに活動の場を広げ、ＣＤやダイエット本の発売、イベント、講演など多方面に渡り活動。

前田英樹（まえだ・ひでき）

１９５１年大阪府生まれ。批評家。スイスの言語学者ソシュールの研究からはじまり、後に映画、文芸評論、美術、武術などについての著作を刊行。著書に『定本 小林秀雄』『セザンヌ 画家のメチエ』『日本人の信仰心』『信徒 内村鑑三』『民俗と民藝』『ベルクソン哲学の遺言』『剣の法《のり》』『小津安二郎の喜び』『批評の魂』『保田與重郎の文学』などがある。

川内倫子（かわうち・りんこ）

１９７２年滋賀県生まれ。写真家。２００２年『うたたね』『花火』で木村伊兵衛写真賞、09年ＩＣＰインフィニティ・アワード芸術部門、13年芸術選奨文部科学新人賞、写真の町東川賞国内作家賞を受賞。国内外で数多くの展覧会を行う。著書『AILA』『the eyes, the ears.』『Cui Cui』『そんなふう』『Illuminance』など多数。

内田春菊（うちだ・しゅんぎく）

１９５９年長崎県生まれ。漫画家、作家。84年漫画家デビュー。94年初めての小説『ファザーファッカー』と漫画『私たちは繁殖している』の2作品で、Ｂｕｎｋａｍｕｒａドゥマゴ文学賞を受賞。その他の作品に『南くんの恋人』『キオミ』など。俳優としても数多くの作品に出演。

平田明子（ひらた・あきこ）

長野県生まれ。幼稚園で勤務したのち、１９９９年に増田裕子（ケロ）と平田明子（ポン）からなる『ケロポンズ』を結成。ボーカル・作詞・作曲・ピアノ・パーカッション・ウクレレ・リコーダー・動物の鳴きまねを担当し、コンサートや講演会などで日本全国をとび回る。著書『ポンちゃんの ０、１、２歳児とふれあって遊ぼう』など。

呉 美保（お・みぽ）

１９７７年三重県生まれ。映画監督。２００６年『酒井家のしあわせ』で映画監督デビュー。10年『オカンの嫁入り』で新藤兼人賞金賞を受賞。14年『そこのみにて光輝く』でモントリオール世界映画祭最優秀監督賞、芸術選奨文部科学大臣新人賞映画部門他、国内外で映画賞を受賞。15年『きみはいい子』がモスクワ国際映画祭にて最優秀アジア映画賞を受賞。

那波かおり（なわ・かおり）
1958年生まれ。翻訳家。おもな訳書に、小説として、ノヴィク「テメレア戦記」シリーズ、『ドラゴンの塔』『銀をつむぐ者』、ギルバート『女たちのニューヨーク』、ノンフィクションとして、ギルバート『食べて、祈って、恋をして』、スローニム『13歳のホロコースト』、アレン『マイケル・Aの悲劇』など。

辻村深月（つじむら・みづき）
1980年山梨県生まれ。作家。2004年『冷たい校舎の時は止まる』でメフィスト賞を受賞してデビュー。11年『ツナグ』で吉川英治文学新人賞、12年『鍵のない夢を見る』で直木賞、18年『かがみの孤城』で本屋大賞を受賞。著書『ゼロ、ハチ、ゼロ、ナナ。』『ハケンアニメ！』『傲慢と善良』『琥珀の夏』『闇祓《やみはら》』他多数。

森田真生（もりた・まさお）
1985年東京都生まれ。独立研究者。京都を拠点にした研究・執筆のかたわら、国内外で「数学の演奏会」「数学ブックトーク」などのライブ活動を行う。2016年『数学する身体』で小林秀雄賞、22年『計算する生命』で河合隼雄学芸賞を受賞。著書、絵本『アリになった数学者』、随筆集『数学の贈り物』など。

砂田麻美（すなだ・まみ）
1978年東京都生まれ。映画作家。2011年に初監督した、ガンを患った自身の父親の最期に迫ったドキュメンタリー映画『エンディングノート』で、12年に芸術選奨文部科学大臣新人賞、日本映画監督協会新人賞などの新人監督賞を受賞。13年ドキュメンタリー2作目『夢と狂気の王国』がトロント国際映画祭・サンセバスチャン国際映画祭正式出品。

大宮エリー（おおみや・えりー）
1975年大阪府生まれ。作家・画家。主な著書に『生きるコント』『思いを伝えるということ』『なんでこうなるのッ?!』など。2016年に十和田市現代美術館で個展を開催。瀬戸内国際芸術祭2022で犬島に立体作品「フラワーフェアリーダンサーズ」「光と内省のフラワーベンチ」を発表。クリエイティブの学校「エリー学園」「こどもエリー学園」主宰。

温 又柔（おん・ゆうじゅう）
1980年台湾生まれ。小説家。両親とも台湾人。幼少時に来日し、東京で成長する。2009年「好去好来歌」ですばる文学賞佳作を受賞し、作家デビュー。16年『台湾生まれ 日本語育ち』で日本エッセイスト・クラブ賞、20年『魯肉飯のさえずり』で織田作之助賞を受賞。著書に『永遠年軽』『祝宴』など。

坂本美雨（さかもと・みう）

1980年生まれ。ミュージシャン。97年「Ryuichi Sakamoto featuring Sister M」名義でデビュー。音楽に留まらず、作詞、翻訳、文筆、ナレーション、ラジオパーソナリティ、愛猫家など、幅広く活動。2022年にデビュー25周年を迎え、全国ツアー中。著書に『ただ、一緒に生きている』など。

ジェーン・スー

1973年東京都生まれ。コラムニスト、ラジオパーソナリティ。2015年『貴様いつまで女子でいるつもりだ問題』で講談社エッセイ賞を受賞。著書『私たちがプロポーズされないのには、101の理由があってだな』『生きるとか死ぬとか父親とか』『きれいになりたい気がしてきた』など。

金井真紀（かない・まき）

1974年千葉県生まれ。テレビ番組の構成作家、酒場のママ見習いを経て2015年より文筆家、イラストレーター。著書に『世界はフムフムで満ちている』『はたらく動物と』『パリのすてきなおじさん』『世界のおすもうさん』（和田靜香との共著）『戦争とバスタオル』（安田浩一との共著）『聞き書き世界のサッカー民』『日本に住んでる世界のひと』他。

望月衣塑子（もちづき・いそこ）

1975年東京都生まれ。東京新聞社会部記者。セクハラ問題、武器輸出、森友・加計学園問題などを取材。2017年平和・協同ジャーナリスト基金賞奨励賞、19年度「税を追う」取材チームでJCJ大賞を受賞。著書に『武器輸出と日本企業』『新聞記者』『報道現場』、共著に『権力と新聞の大問題』『独裁者』『同調圧力』など。

速水健朗（はやみず・けんろう）

1973年石川県生まれ。ライター、編集者。コンピュータ雑誌記者を経て、フリーに。主な分野は、メディア論、都市論、ショッピングモール研究、団地研究など。著書『自分探しが止まらない』『ケータイ小説的。』『ラーメンと愛国』『1995年』『東京β——更新され続ける都市の物語』『東京どこに住む』他多数。

木内みどり（きうち・みどり）

1950年愛知県生まれ。女優。65年、劇団四季に入団。多数のドラマ、映画に出演し、コミカルなキャラクターから重厚感あふれる役柄まで幅広く演じている。東日本大震災以降、積極的に社会・政治問題に関わっていく。著書は『指差し確認』など。2018年に始めたWEBラジオ「木内みどりの小さなラジオ」は公式サイトで聴取可能。19年逝去。

新井紀子（あらい・のりこ）

1962年東京都出身。数学者。国立情報学研究所社会共有知研究センター長。2016年から、中高生の読解力を調査する「リーディングスキルテスト」を実施。18年『AI vs. 教科書が読めない子どもたち』で日本エッセイスト・クラブ賞、石橋湛山賞、山本七平賞、大川出版賞、TOPPOINT大賞、翌19年にビジネス書大賞をそれぞれ受賞。著書多数。

加藤千恵（かとう・ちえ）

1983年北海道生まれ。歌人、小説家。2000年短歌研究社主催の「うたう」で作品賞佳作。01年短歌集『ハッピーアイスクリーム』でデビュー。小説、詩、エッセイの他、ラジオなどのメディアでも幅広く活動。著書『ハニー　ビター　ハニー』『ラジオラジオラジオ！』『この場所であなたの名前を呼んだ』他多数。

本名陽子（ほんな・ようこ）

1979年埼玉県生まれ。声優、女優、歌手、ナレーター。4歳から子役として多くの作品に出演。91年、スタジオジブリ『おもひでぽろぽろ』で声優デビュー、95年『耳をすませば』で主演し、主題歌を歌う。海外ドラマ、洋画の吹替やアニメ、ゲームのアフレコ、美術館音声ガイド、舞台などで活動。

内田　樹（うちだ・たつる）

1950年東京都生まれ。凱風館館長。専門はフランス現代思想、武道論、教育論、映画論など。2006年『私家版・ユダヤ文化論』で小林秀雄賞、10年『日本辺境論』で新書大賞、11年著作活動全般に対して伊丹十三賞受賞。著書『ためらいの倫理学』『レヴィナスと愛の現象学』『街場の戦争論』『下り坂のニッポンの幸福論』他多数。

カヒミ カリィ

1968年生まれ。ミュージシャン、文筆家、フォトグラファー。91年『BLOW UP』（コンピレーションCD）でデビュー以降、国内外問わず数々の作品を発表。音楽活動の他、執筆、映画作品の字幕監修、翻訳なども手掛ける。著書『小鳥がうたう、私もうたう。静かな空に響くから』『にきたま』など。2012年よりアメリカ在住。

久保田智子（くぼた・ともこ）

1977年神奈川県生まれ。TBS報道局記者、元アナウンサー。2000年TBS入社。アナウンサーとして『どうぶつ奇想天外！』『筑紫哲也 ニュース23』『報道特集』などを担当。17年結婚を機に退社し、コロンビア大学大学院にて修士号（オーラルヒストリー）を取得。20年にジョブリターン制度を利用し、TBSに復帰。

サヘル・ローズ

1985年イラン生まれ。タレント、俳優。7歳までイランの孤児院で過ごし、8歳で養母とともに来日。高校生の時から芸能活動を始める。2018年舞台『恭しき娼婦』で主演、19年映画『冷たい床』でミラノ国際映画祭最優秀主演女優賞を受賞。20年アメリカで人権活動家賞を受賞。国際人権NGO「すべての子どもに家庭を」親善大使を務めた経験もある。

仲野 徹（なかの・とおる）

1957年大阪府生まれ。生命科学者。大阪大学名誉教授。専門は「いろんな細胞がどうやってできてくるのだろうか」学。2012年日本医師会医学賞を受賞。著書『こわいもの知らずの病理学講義』『仲野教授の そろそろ大阪の話をしよう』『考える、書く、伝える 生きぬくための科学的思考法』『仲野教授の 笑う門には病なし！』など。

加瀬健太郎（かせ・けんたろう）

1974年大阪府生まれ。写真家。東京の写真スタジオで勤務の後、ロンドンの専門学校で写真を学ぶ。現在は東京を拠点にフリーランスで活動。著書『スンギ少年のダイエット日記』『お父さん、だいじょうぶ？日記』『お父さん、まだだいじょうぶ？日記』『撮らなくてもよかったのに写真』、絵本『ぐうたらとけちとぷー』など。

山崎ナオコーラ（やまざき・なおこーら）

1978年福岡県生まれ。作家。2004年『人のセックスを笑うな』で文藝賞を受賞しデビュー。17年『美しい距離』で島清恋愛文学賞を受賞。著書『リボンの男』『かわいい夫』『母ではなくて、親になる』『むしろ、考える家事』『鞠子はすてきな役立たず』『ミルクとコロナ』（白岩玄との共著）など。

イッセー尾形（いっせー・おがた）

1952年福岡県生まれ。俳優。71年より演劇活動を開始、一人芝居の舞台をはじめ映画、ドラマ、ラジオ、ナレーションなど幅広く活動。2016年、映画『沈黙─サイレンス─』でロサンゼルス映画批評家協会賞助演男優賞次点入賞。著書『シェークスピア・カバーズ』など。

安東量子（あんどう・りょうこ）

1976年広島県生まれ。作家、NPO福島ダイアログ理事長。著書『海を撃つ──福島・広島・ベラルーシにて』『スティーブ&ボニー 砂漠のゲンシリョクムラ・イン・アメリカ』。共著に『末続アトラス2011・2020：原発から27㎞──狭間の地域が暮らしを取り戻す闘いの記録』。福島県いわき市在住。

大竹しのぶ（おおたけ・しのぶ）

１９５７年東京都生まれ。俳優。75年映画『青春の門』で本格デビュー。同年ＮＨＫ朝の連続テレビ小説『水色の時』に出演し、国民的ヒロインとなる。以降、映画、舞台、ＴＶドラマ、音楽等ジャンルにとらわれず活動。２０１１年紫綬褒章受章の他、多年にわたり読売演劇大賞最優秀女優賞、日本アカデミー賞最優秀主演女優賞などを複数回受賞。

曽我部恵一（そかべ・けいいち）

１９７１年香川県出身。ミュージシャン。90年代初頭よりサニーデイ・サービスのヴォーカリスト、ギタリストとして活動を始める。２００１年ソロデビュー。04年自主レーベルROSE RECORDSを設立。サニーデイ・サービス、ソロと並行し、プロデュース、楽曲提供、映画音楽、ＣＭ音楽、執筆、俳優など、形態にとらわれない表現を続ける。

津野海太郎（つの・かいたろう）

１９３８年福岡県生まれ。評論家。劇団「黒テント」演出、晶文社取締役、『季刊・本とコンピュータ』総合編集長、和光大学名誉教授などを歴任。２００３年『滑稽な巨人　坪内逍遙の夢』で新田次郎文学賞、09年『ジェローム・ロビンスが死んだ』で芸術選奨文部科学大臣賞、19年『最後の読書』で読売文学賞随筆・紀行賞受賞。

島田潤一郎（しまだ・じゅんいちろう）

１９７６年高知県生まれ。編集者。大学卒業後、アルバイトや派遣社員をしながら小説家を目指していたが挫折。２００９年経験ゼロで夏葉《なつは》社を立ち上げ、ひとり出版社のさきがけとなる。他の会社がやらない、１人の読者のための本づくりを目指す。著書『古くてあたらしい仕事』『父と子の絆』『あしたから出版社』。

俵万智（たわら・まち）

１９６２年大阪府生まれ。歌人。学生時代に佐佐木幸綱氏の影響を受け、短歌を始める。86年「八月の朝」で角川短歌賞、88年『サラダ記念日』で現代歌人協会賞、２００４年『愛する源氏物語』で紫式部文学賞、06年『プーさんの鼻』で若山牧水賞、21年『未来のサイズ』で詩歌文学館賞と迢空《ちょうくう》賞受賞。21年度朝日賞受賞。小説、エッセイなども著書多数。

本文デザイン　勝部浩代

編集　村上 薫
高野容子
暮しの手帖編集部

校閲　暮しの手帖編集部
オフィスバンズ

何げなくて恋しい記憶　随筆集　あなたの暮らしを教えてください1

二〇二三年三月十九日　初版第一刷発行

編者　暮しの手帖編集部

発行者　阪東宗文

発行所　暮しの手帖社
東京都千代田区内神田一－一三－一　三階

電話　〇三－五二五九－六〇〇一

印刷所　図書印刷株式会社

ISBN978-4-7660-0229-4 C0095